古代文史名著选译丛书

主编　章培恒　安平秋　马樟根

陶渊明诗文选译

修订版

译注　谢先俊　王勋敏

审阅　平慧善

凤凰出版传媒集团　凤凰出版社

图书在版编目（CIP）数据

陶渊明诗文选译 / 谢先俊，王勋敏译注. -- 南京 ：凤凰出版社，2011.5
（古代文史名著选译丛书）
ISBN 978-7-5506-0441-4

Ⅰ. ①陶… Ⅱ. ①谢… ②王… Ⅲ. ①古典诗歌－诗集－中国－东晋时代②古典散文－散文集－中国－东晋时代 Ⅳ. ①I213.722

中国版本图书馆CIP数据核字(2011)第046089号

书　　名　陶渊明诗文选译
译 注 者　谢先俊　王勋敏
责任编辑　卞　岐
出版发行　凤凰出版传媒集团
　　　　　凤凰出版社(原江苏古籍出版社)
　　　　　南京市中央路165号　邮编 210009
　　　　　发行部电话025-83223462
集团网址　凤凰出版传媒网　http://www.ppm.cn
照　　排　江苏凤凰制版有限公司
印　　刷　江苏凤凰扬州鑫华印刷有限公司
　　　　　扬州市江阳工业园蜀岗西路9号　邮编 225008
开　　本　960×1304毫米　1/32
印　　张　7.875
字　　数　128千字
版　　次　2011年5月第1版　2011年5月第1次印刷
标准书号　ISBN 978-7-5506-0441-4
定　　价　16.00元
（本书凡印装错误可向承印厂调换，电话:0514-85868858）

《古代文史名著选译丛书》编委会

《古代文史名著选译丛书》修订版出版说明

呈献在读者面前的这套《古代文史名著选译丛书》是2011年的修订版。全书共134册，包括了中国从先秦至清末两三千年间的著名典籍。每部典籍都选其精粹（《论语》《老子》则全文收录），收录原文，加以简明的注释，力求准确地译为现代汉语，并于每一篇之前写有对该文的提示性说明。这是近一个世纪以来，规模最大、收录种类相对齐全、译注质量较高的一套普及传统文化的今译丛书。

这套丛书，原在1992年—1994年由巴蜀书社分三批出齐，印行过万套；不久，又由台湾的出版机构买去海外版权在台湾及海外发行，可见这套丛书当年在两岸受欢迎的程度。时隔17年，丛书编委会决定重新修订，改由江苏凤凰出版集团所属的凤凰出版社出版。

这套丛书是由教育部属下的全国高等院校古籍整理研究工作委员会(简称古委会)于1985年策划的。古委会组织了全国18所大学的古籍整理研究所的所长任编委会编委，由我们三人任主编，在全国范围内选请学有专长的学者承担各书的译注。从1986年—1992年，历时7年完成。当时，编委会制订了严明、可行的体例和细则，译注者按要求完成书稿。每部书稿完成后，都在全国范围内请编委会之外的专门研究这一学术领域的两位专家初审，合格后再请两位编委参照初审意见审改，然后退还原译注者改正。待原译注者改正后，再由编委会集中常务编委和部分编委、相关专家在一地将每部书稿从头至尾审改。这样的集中审稿会一般都在8—15天，7年中开了12次审改会。审改后，三位主编再集中在一起逐一审定，交付出版社。这一工作程序，使得这套丛书的译注质量有了一定的提高。所以，这套丛书，在一定程度上是个人与多人合作的结果。关于这套丛书的编纂始末，我们曾在1992年4月全书交稿后写有一篇文章，这次附在修订版书末，便于读者了解。

这次修订，是交由原译注者自己修改。少数译注者已去世，则书稿一仍其旧。个别译注者已联系不上，也保持原貌。

1992年—1994年出版时，书前有当时古委会主任周林先生写的序。周林先生是这一丛书的发起者。他已于1997年6月去世，至今已14年了。为了尊重历史，也为了纪念他，修订版仍用他的序。

我们三人在1985年—1992年主持这套丛书工作时，年龄大的是从51岁到58岁之间，年龄小的是从44岁到51岁之间，那时尚有精力组织、参与这一工作，今天我们都已年逾古稀。全书修订版出版之际，心情似乎比当年更惴惴不安地期待着读者的评头品足，期待着不要对读者贻误太多。

回想这套丛书，真应该感谢我们的祖先为我们留下了这样深厚、丰富的思想、文化遗产，使我们今天仍然受用无穷。应该感谢这套丛书的全体译注者、审阅者、编委和当年的出版者巴蜀书社、今天的出版者凤凰出版社，是他们的学识、辛勤与真诚使得这套丛书得以面世。

章培恒　马樟根　安平秋

2011年3月15日

序

《古代文史名著选译丛书》与广大读者见面了。这是丛书编委会的同志与众多专家学者通力协作、辛勤耕耘的结果。

中华民族在五千年漫长的岁月里，创造了光辉灿烂的文化，给人类留下了丰富的精神财富。“观今宜鉴古，无古不成今”。今天，以马克思主义的科学理论为指导，整理研究我国古代文化典籍，做到汲取精华，剔除糟粕，古为今用，推陈出新，使人们在正确认识民族历史的同时，得到爱国主义的教育，陶冶道德情操，提高全民族的文化素质，促进社会主义文化的繁荣，使文明古国的历史遗产得以发扬光大，这是我们每个炎黄子孙的责任。而要做到这样，对古籍进行整理与研究是重要的基础工程。但是，整理与研究古籍仅作标点、校勘、注释、辑佚还不够，还要有今译，使老年人、中年人、青年人都愿意去读，都能读懂，以便从中得到教益。

基于以上认识，全国高等院校古籍整理研究工作委员会于1986年5月组成了以章培恒、安平秋、马樟根三位同志为主编的《古代文史名著选译丛书》编委会，确定了以全国十八所大学的古籍整理研究所为主力承担这一看似轻易、实则艰巨的今译任务。在第一次编委会议上，拟定了《凡例》、《编写与审稿要求》、《文稿书写格式》和一百余种书目。以每一种书为十万至十五万字计算，这套丛书大约有一千余万字，应该说是一项大工程。经过一年的努力，完成了第一批三十六部书稿的译注任务。在各研究所的专家与所长把关的基础上，于1987年5月和7月，先后在复旦大学、北京大学召开了部分编委参加的审稿会，通过了二十五部书稿，作为《古代文史名著选译丛书》与广大读者见面的第一批作品。与此同时，在1987年7月6日，邀请了在京的十几位专家教授与编委会十几位编委一起座谈这套丛书与古籍今译的问题。专家们肯定了今译工作的必要性与深远意义，并以他们数十年的教学科研和创作的经验，说明今译是一项难度很大的工作，是培养人才，使之打下坚实基本功的一种有效方法；专家们还对《古代文史名著选译丛书》提出了宝贵的建议，这对当时的审稿工作和保证《丛书》的质量起了很好的作用。

实践证明，古籍的今注不易，今译更难。没有对作品的深入、透彻的研究，没有准确、通俗、生动的语言表达能力，要想做好今译是不可能的。两年多来，全国高等院校古籍整理研究工作委员会在探索古籍的今注、今译的道路上，做了一些工作。这部丛书的出版，是系统今译的开始，说明古籍整理研究工作有了新的进展。更可喜的是，一批中青年学者参加了今注今译工作，为古籍整理增添了新生力量，相信他们会在实践中，在学习中，成长成熟。我希望，这套丛书的编委会和高校各古籍整理研究所要敞开大门，加强同国内外专家学者的联系，征求他们和广大读者的意见，并向有真才实学而又适宜做今译工作的专家学者约稿，以提高古籍译注的水平，使《古代文史名著选译丛书》的第二批、第三批作品的质量更上一层楼。

这是一套以文史为主的大型的古籍名著今译丛书。考虑到普及的需要，考虑到读者对象，就每一种名著而言，除个别是全译外，绝大多数是选译，即对从该名著中精选出来的部分予以译注，译文力求准确、通畅，为广大读者打通文字关，以求能读懂报纸的人都能读懂它。我希望这套丛书能成为中小学教师的语文、历史教学的参考书，成为大专院校学生的课外读物，成为广大文史爱好者的良师益友。由于系统的古籍今译工作还刚刚起步，这套丛书定会有不少缺点、错误，也诚恳地希望读者批评指正。

巴蜀书社要我为这套丛书写序，我欣然接受了。我相信这套丛书不仅会使八十年代的人们受益，还将使子孙后代受益，它将对祖国的繁荣昌盛起到点滴的作用。最后借此机会向曾给予我们支持、帮助的专家学者和巴蜀书社的同志表示衷心的感谢！并殷切地希望台湾同胞、港澳同胞、海外侨胞和我们一同做好祖先留给我们的文化遗产的整理工作，为中华民族灿烂的文化再放异彩而努力！

周　林

1987年10月于北京

目 录

前 言

一

四、五世纪之间，中国文坛上出现了一位伟大的文学家陶渊明。

陶渊明，又名潜，字元亮。浔阳柴桑（今江西九江西南）人。生于晋哀帝兴宁三年（365），卒于宋文帝元嘉四年（427），享年63岁。他生活在晋、宋易代之际，而大部分时间是在东晋王朝中度过的。

自西晋于公元316年（建兴四年）灭亡，司马氏在江南建立东晋政权，我国又进入了南北长期分裂的时代。北方各族上层统治者在中原一带割据混战,并经常对南方发动骚扰进攻。南北之间,时有战争发生,历史上有名的秦晋淝水之战就是爆发在公元 383 年。

东晋王朝是一个靠政治上推行门阀制度,在经济上对广大劳动人民实行残酷剥削来支撑的偏安政权,政府实权完全被世族大地主操纵。他们强化门阀政治,严格士庶之别,把"举贤不出世族,用法不及权贵"作为对内的基本国策。然而在上层统治阶级世族之间、世族与皇族之间争权夺利的斗争十分剧烈,这种斗争在东晋政权存在的一百零四年中从未间断,酿成多次内乱,人民流离失所。

士族大地主利用经济上的特权,采取各种手段掠夺土地,建立田庄经济,而把沉重徭役和赋税都压在劳动人民身上,人民的生活极端困苦。统治阶级的残酷剥削激化了与人民的矛盾,终于在公元 399 年爆发了孙恩领导的农民起义,这场起义一直持续了十二年。

陶渊明生活的年代,民族矛盾、阶级矛盾空前尖锐,政治极为黑暗、腐朽。

陶渊明出生在一个衰落的官僚家庭,曾祖父陶侃是东晋的开国元勋,官至大司马。祖父陶茂和父亲陶逸都做过太守一类的官。外祖父孟嘉是东晋名士。陶渊明的祖父、父亲并不是承袭陶侃爵位的嫡嗣;渊明七、八岁时,其父便已去世,因此,他从少年时代起,就生活在贫困之中。由于家庭环境的影响,陶渊明很小就喜爱读书,对儒家的经典有特别浓厚的兴趣。他读书的范围,除了儒家的经典,再就是两晋时代盛行的《老子》、《庄子》,还有大量的先秦至汉魏的史学、文学著作,广泛地接触了古代文化遗产。

陶渊明年青时,颇具"大济苍生"(《感士不遇赋》)的宏伟抱负,希望有一番作为。从晋孝武帝太元十八年(393)至晋安帝义熙元年(405),在这十三年中,陶渊明曾先后担任过祭酒、参军、县令等官职。他性格正直耿介,与官场的腐朽风气格格不入,几次都是辞官而去。最后一次从彭泽令任上辞职,结束了他的仕途生活。从这时起,他精神上感到极大的解脱,真正走上了"躬耕"的道路。

归田之初,陶渊明和家人都参与了耕作,还有一个僮仆帮忙,温饱也不成问题,心情是愉快的。义熙四年(408)六月,他家被一场大火焚毁一空,一家人只好寄居船上。义熙六年(410),他把家迁往南村，理由是这里有一些好邻居。与他来往的人中，有农民，也有一些隐居浔阳的文人和参军、主簿、县令之类的小官。

陶渊明在南村继续过着“躬耕自资”的生活，但家境大不如前，常常是终年辛劳，难以糊口。在出仕和归隐的问题上陶渊明曾产生过一些思想斗争，由于他对现实腐败的政治有了比较清醒的认识，毅然坚持不与统治者同流合污的态度，义熙末年，他又一次拒绝了朝廷聘他为著作郎的征召。

晋恭帝元熙二年(420)六月，刘裕夺取了东晋政权，建立刘宋王朝。对政治上这个重大变化，陶渊明在作品中往往流露出感慨和激愤之情。

陶渊明的晚年，生活愈来愈贫困，他的一些朋友有时也主动周济他，如颜延年经过浔阳，临别前给陶渊明留下两万钱。有时陶渊明也不免上门乞借。宋文帝元嘉三年(426)，江州刺史檀道济亲自到他家看望，陶渊明饿了几天，这时连起床都很困难。檀说：“贤者处世，天下无道则隐，有道则至。今子生文明之世，奈何自苦如此?”陶回答：“潜也何敢望贤，志不及也。”(见萧统《陶渊明传》)檀赠以粱肉，陶渊明挥而拒之，表现了他的铮铮骨气。陶渊明贫病交加，身体愈来愈衰老，宋元嘉四年十一月与世长辞。

亲友们用俭朴的仪式安葬了他，认为他具有“宽乐令终之美，好廉克己之操”（颜延之《陶征士诔序》），为他立谥号“靖节征士”。

二

现存陶渊明的作品，诗124首，其中四言诗9首，五言诗115首；文11篇，其中辞赋3篇，记传赞述疏祭8篇。另有与愔之、循之《联句》一首存疑。

陶渊明作品的主要内容反映在如下几个方面。

（一）对黑暗腐败封建政治的揭露和批判

陶渊明早年抱有建功立业的愿望，但最终走的是不与当权者合作，洁身自好的道路，这种行为的本身，就是对当时政治的一种否定。他在作品中，也对当时的黑暗、腐败政治作了一定程度的揭露和批判。

晋、宋讲究血统，门阀等级森严，刑罚因贵贱而异施，嫁娶只能门当户对，“上品无寒门，下品无势族”（《晋书·刘毅传》），士庶之分壁垒森严，造成极为腐朽、庸俗的社会风气。官场“交通请托，贿赂公行”(《资治通鉴》卷一〇七)，趋炎附势，尔虞我诈，比比皆是，触目惊心。为了向上爬，可以不择手段，“或假财色以交权豪；或因时运以佻荣位；或以婚姻而连贵戚；或弄毁誉以合威柄”(葛洪《抱朴子·疾谬》)。陶渊明的思想与这些格格不入，在他的作品中对这腐朽的世风进行抨击，《感士不遇赋》最能代表他的这种批判精神。他揭露当时的社会虚伪之风盛行，道德败坏，持不同意见的遭到诽谤，善良正直的人遭受诬蔑，廉洁退让的节操丧失以尽，是非颠倒，奸贤莫辨。随着社会政治经验的丰富，陶渊明进而认识到，造成上述现象的原因是顺我者昌、逆我者亡的封建专制制度，所谓“密网裁而鱼骇，宏罗制而鸟惊”。他在这篇赋中，历举志士仁人的不公平待遇，把批判的矛头直接指向了长期以来的封建专制制度。在有些诗篇中，他批评人们判断是非都是捕风捉影，或毁或誉都是人云亦云；他感慨人与人之间只有利害关系，相交困难；他把当时的官场视作“泥潭”，他把争名于朝、争利于市的势利之徒斥之为“狂驰子”。

陶渊明的另一部分作品是以歌颂美好事物的

形式来曲折地表现对当时政治的否定。例如他所描绘的桃花源的理想社会，与他当时所处的社会形成鲜明的对比。他晚年的一些“金刚怒目”式的作品（如《咏荆轲》、《读山海经》等篇），则表现了他对当时腐败政治激烈的批判精神和强烈的反抗意识。

（二）对农村田园生活的描写

由于陶渊明是厌恶上层社会的虚伪和相互倾轧而归隐的，因此他笔下的农村田园风光往往是宁静、淳朴而美好的。我们从《时运》、《和郭主簿》、《移居》（一）、《读山海经》（一）等诗中可以看出，陶渊明远离尘嚣，无论是春游、登高、饮酒、读书，还是与家人欢聚、与朋友谈心，心情是愉快的。他认为人生的第一要事是吃饭穿衣，“人生归有道，衣食固其端”（《庚戌岁九月中于西田获早稻》）；获得衣食主要靠劳动，《劝农》诗集中反映了他重视农业生产劳动的可贵思想。他不食“嗟来之食”，立志靠劳动来养活自己，其《自祭文》概括地叙述了他辛勤劳动的大半生。有些诗篇，如《归园田居》（三）、《庚戌岁九月中于西田获早稻》等，具体描写了他参加劳动的情景和艰辛。还有一些诗篇如《归园田居》（二）（五）、《饮酒》（九）等，反映了陶渊明通过参加农业劳动，同农民建立了感情，交往融洽，有了一些共同语言，耕耘稼穑，收获年成常常是他们谈话的主要内容。“躬耕”成了陶渊明主要的生活来源，他比任何时候都关心庄稼收成的好坏。陶渊明的“躬耕”并不能保障起码的温饱，所以他的不少诗篇，如《杂诗》(八)、《怨诗楚调示庞主簿邓治中》、《有会而作》等，又都如实地诉说了生活十分贫困的艰难处境和劳而无食的愤懑。当时军阀混战不已，江州又是屡次“鏖战”的战场，农业遭到极大的破坏，陶渊明很关切处于战乱中，又深受徭役和赋税剥削，生活极为痛苦的广大人民，他的《归园田居》(四)、《和刘柴桑》、《还旧居》等诗篇，不同程度地反映了农村凋敝、凄凉的情景。陶渊明苦苦思考着广大人民的出路，终于，桃花源这个美好的社会雏型在他的笔下诞生了。它体现了陶渊明的理想，也凝聚着他对农村、对农民的深切了解。

(三) 对人生哲理的探索

从总体上看，魏晋南北朝时期是中国文学艺术的“自觉”时代，也是中国古代哲学思想十分活跃的时期。那时的许多知识分子，常常用文学的形式来表现对人生哲理的深入探索，陶渊明也是如此。他在文学作品中对人生哲理的种种思考，反映了他对人生道路选择的历史轨迹。

人的价值在哪里，人的一生究竟怎样度过？这是陶渊明作品中经常思考的主题。从他中年或晚年回顾年轻时情景的诗篇看，他少壮时算是一位热血青年，支配他生活的最根本的信念，是“达则兼济天下，穷则独善其身”，只不过仕也罢，隐也罢，都以保持个性自由和独立为前提，即所谓“或击壤以自欢，或大济于苍生，靡潜跃之非分，常傲物以称情”（《感士不遇赋》）。他的整个生活道路便是沿着这条轨迹而行，他认为人的价值也就在这里。如何求得“达”，陶渊明认为应该用光明磊落的行为和通过正常的途径，“原百行之攸贵，莫为善之可娱。奉上天之成命，师圣人之遗书，发忠孝于君亲，生信义于乡闾，推诚心而获显，不矫然而祈誉”（《感士不遇赋》）。当门阀政治的腐朽士风逼迫他“摧眉折腰”，个性受到压抑的时候，他便宁肯辞官也不低头。

陶渊明的作品中，还不乏对生与死的思考。光阴无情流逝，自己无所成就，渐就衰老，他常常感到悲愁；对比大自然宇宙的无穷和人生的短暂，他固然也有忧伤，但不像魏晋许多诗人那样凄楚悲观。他对死的态度，往往是相当旷达，认为宇宙的变化是个人的力量无法阻挡的，大自然自身运动的必然结果是事物的新陈代谢，“大钧无私力，万物自森著”(《形影神·神释》)，作为一种有生命的自然物的人，必然会有死的时候，“既来孰不去，人理固有终”(《五月作和戴主簿》)。他比喻人世间犹如旅舍，“家为逆旅舍，我如当去客”(《杂诗》七)，人生在世，如同在旅舍歇息几日的过客，人的最后归宿，只不过将尸骨托之山陵，与山陵大地混同一体罢了。因此，他否定道教服食仙丹，追求肉体不灭的主张，对佛教宣扬的因果报应，精神可以脱离肉体长存的一套，也进行了旗帜鲜明的批判。他否定鬼神，甚至对所谓超越客观世界的、主宰人类善恶公道的上天意志表示怀疑，“天道幽且远，鬼神茫昧然”(《怨诗楚调示庞主簿邓治中》)；更反对人们为了死后或来世幸福，向佛寺和“鬼神”捐舍钱财的风气和做法，“留子不留金，何用身后置”(《杂诗》六)。

三

萧统评价陶渊明作品的艺术特色“词采精拔”

“独品众类”(《陶渊明集序》),我们可以具体概括为如下几个方面。

(一)“率真”、“任情”的美学追求

“风格即人”这条艺术的规律,在陶渊明身上得到证明。从其作品看他对自己形象的塑造,率真、任情,不掩饰、不做作,不为世俗左右,我行我素,倒像一位“追求个性解放”的先驱。萧统称许陶渊明人品“脱颖不群,任真自得”(《陶渊明传》)。他用自己选择的这种行为方式对待写作,便形成“率真”、“任情”的美学追求。

“渊明作诗不多”(苏轼《与苏辙书》),文更少,但他要求自己的每一篇作品都能“颇示已志”(《五柳先生传》),表现自己的真情实感。他“为情而文”,而不是“为文而情”,他的作品都是在不得不形诸笔墨时才写出来,率性而发,毫无掩饰,从“胸中自然流出”(朱熹《朱子语类》)。因此,他对生活的种种体验,对人生真谛的种种思索,喜怒哀乐,都融会在作品中,人们可以透过其作品看到他高尚的“人格”。“陶潜正因为并非浑身‘静穆’,所以他伟大”(鲁迅《题未定草·七》)。“他是一位极热烈、极有豪气的人”,“是一位缠绵悱恻最多情的人”,“是

一位极严正——道德责任心极重的人”(梁启超《陶渊明之艺术及其风格》)。

(二)平淡质朴的语言风格

陶渊明长期生活在农村,多以对农村生活的感受作为自己的题材,又遵循“率真”、“任情”的美学原则,因此,形成他的作品在语言风格上质朴平淡,没有当时一般作家的雕琢气息。

陶渊明与跟他几乎同时的谢灵运,在创作上都以描绘自然景物著称,人们常常并称“陶谢”。但两相比较,谢诗刻画景物,有时过于雕琢堆砌,而陶诗铺排语很少,用典故很少,色彩浓艳的词汇则几乎看不到。他经常使用的语言,是当时的口语,或简短质朴的“田家语”,使人读来毫不吃力。例如《移居》、《责子》等诗,除了个别句子须略加解释,一般很容易读懂。散文如《桃花源记》、《五柳先生传》等,语言都平易浅近,毫无斧凿痕迹。他的许多名句,如“相见无杂言,但道桑麻长”(《归园田居》二)、“晨兴理荒秽,带月荷锄归”(《归园田居》三)、“朝霞开宿雾,众鸟相与飞”(《咏贫士》一)等等,都明白如话。即便是那些哲理性很强的诗句,如“落地为兄弟,何必骨肉亲”、“及时当勉励,岁月不待人”(《杂诗》一)、“问君何能尔,心远地自偏”(《饮酒》五)等,也都这样。

陶渊明作品的语言质朴平淡,绝不是淡而无味,诚如苏轼所评价“质而实绮,癯而实腴”(《与苏辙书》),平淡之中有无限的风采,质朴之中有深厚的情味。这种“不烦绳削而自合”(黄庭坚《题意可诗后》)的艺术境界,正说明了语言艺术的炉火纯青。

陶渊明的作品,无论是诗,还是文,无论是抒发情怀,还是描摹景物、刻画人物,他一般都采用白描的手法,轻加点染,力避浓笔涂抹。因此,形象鲜明突出,色彩淡雅清新。如《归园田居》(一)(三)、《饮酒》(五)、《读山海经》(一)、《桃花源诗并记》、《五柳先生传》、《与子俨等疏》等脍炙人口的名篇,都体现了这一特色。

(三)情景交融的艺术境界

陶渊明是位对人生真谛有着执着追求的文学艺术大师,他对事物都持有自己独特的看法,我们姑且把这种看法叫做“理”,而他把这种“理”贯注于自己的感情之中,因此,陶渊明主体方面内在的“情”包含着两个层次,即“情”与“理”,他的“情”受着“理”的制约和规范,那么,这种“情”还不仅仅是一般喜怒哀乐的情绪，而是具有深刻的内容，涵蕴着诗人对人类社会发展规律的摸索和一定程度上的认识。文学作品不是说理文章，陶渊明的“情”是通过形象化的方式表现出来的，他笔下的客观环境，其中包括人、事和物，都融入了强烈的主观感受和情思，而不是客观的物象描绘，因此，他的作品情景交融，达到物我同一的浑化境界，具有很高的审美价值。比如《归园田居》(一)这首诗，开头叙述自己崇尚自然的情怀，接着描绘田园村舍的风光，结尾抒发重返自然的喜悦，全篇浑然天成，意境深远。陶渊明追求个性独立，不同流俗，把自己混迹于官场的十三年看作“误落尘网”，而将归宿寄托于远离尘嚣的田园。现在他自觉地从官场退避归来，有着脱出樊笼获得自由的典型感受，心情十分愉悦。与混浊的官场相比，这里的一切是多么的宁静、美好，因此，他笔下的那十几亩田地，八九间草庐、屋前屋后的桃李和榆柳，还有深巷中的狗吠、桑树颠的鸡鸣，以及那远处隐隐的村落，近处农舍上袅袅的炊烟，无不充满生机，趣味盎然。这里出现的远景、近景、动景、静景，无不闪耀着诗人情感的色泽，组成“人化的自然”画面。

陶渊明的作品中，曾出现过麦苗、月亮、春燕、归鸟、青松、秋菊、孤云、庭院、乡间道路等许多景物，它们都饱含着诗人的感情，体现着诗人的性格。

四

我国历史上的魏、晋时代，思想界和知识分子中流行一种清谈玄理的风气，东晋又是“谈玄”风炽盛的时期，这种风气虽然对哲学思辨有所促进，但对当时的文学创作，确实带来危害和不良影响。就拿诗歌创作来说，“因谈余气，流成文体”（刘勰《文心雕龙·时序》），玄言诗充斥诗坛。这种玄言诗，“理过于辞，淡乎寡味”，“皆平典似《道德论》”（钟嵘《诗品》）。诗歌的形象性、生动性没有了，成了老庄哲学的乏味说教。另一方面，当时诗坛还存在“俪采百句之偶，争价一句之奇”（《文心雕龙·明诗》）的过分追求辞藻华美的形式主义倾向，“建安”时期的优秀创作传统，这时已被抛弃干净。在这文学处于危机的年代，陶渊明以其独特的风貌进入了文坛，他关心现实，并在一定程度上反映现实，特别是把田园山水和田园生活引入诗篇，形成真率朴素的艺术风格，有力地冲击了当时沉闷和空虚的文坛，创造性地开辟了田园诗这块园地，他不愧为“古今隐逸诗人之宗”（钟嵘《诗品》）。

诚如鲁迅先生所言，在中国文学史上，陶渊明与李白一样，都是头等人物（语见刘大杰《鲁迅谈古典文学》，《文艺报》1956 年第 19 期）。他的辞赋、散文和诗均有极高的造诣，其中又以五言诗的成就最为突出，“五言古以陶靖节为极诣，但后人轻易摹仿不得”（李重华《贞一斋诗说》），代表着五言古体诗的高峰。

陶渊明对后世的影响是巨大的，他那光明峻伟的胸襟，刚正不阿的人格，真率的生活态度，热爱劳动和田园生活的情操，以及执着探索人生真谛，不断追求美好理想的精神，成为历代无数具有进步思想的作家、知识分子的榜样，产生了巨大精神力量。他的许多作品，堪称我国古代文化艺术宝库的珍品，成为人们丰富、发展文艺创作，学习和借鉴的源泉，历代有成就的诗人无不在陶渊明的作品中汲取营养。仅拿唐代来说，“陶诗胸次浩然，其中有一段渊深朴茂不可到处。唐人祖述者：王右丞（维）有其清腴，孟山人（浩然）有其闲远，储太祝（光羲）有其朴实，韦左司（应物）有其冲和，柳仪曹（宗元）有其峻洁，皆学焉而得其性之所近”（沈德潜《说诗晬语》）。可见其影响的广泛而深远。在他开创的田园诗的影响下，经过历代诗人的努力，终于形成了我国古典诗歌领域中蔚为壮观的田园山水诗派。他创立的朴素自然的艺术风格，也常常被历代诗人当作与形式主义文学倾向进行斗争的武器，如金代的著名作家元好问便是如此。

由于陶渊明的艺术追求和作品的思想内容都与当时文坛风气背道而驰，出身又寒微，因此他在当时没有受到重视，这种现象甚至持续了相当一段时间。颜延之写的《陶征士诔》，高度评价了他的人品，对其作品只说了一句“文取指达”。钟嵘的《诗品》提高了他的地位，也还只列为“中品”。梁代萧统对他的作品评价很高，但所编《文选》收入陶的诗文却有限，数量远不及谢灵运。随着人们审美情趣的发展、进步，陶渊明作品中丰富、深刻的蕴涵逐渐被认识。到了唐代，他的地位得到普遍承认，李白、杜甫、白居易等伟大诗人无不推崇其作品。宋代以后，文坛对他的评价更是愈来愈高。

我们也要指出，陶渊明生活在封建时代，其作品中表现出的那种怀念上古，乐天安命，委任自然等思想，给后世带来一定的消极影响。与我们所需要的社会主义精神文明是不相合的。

这本小书，收入陶渊明诗56首，文赋6篇。选目以能反映他的思想，又能反映艺术风格，影响较为广泛的作品为标准。以写作的时间先后顺序排列。在注释过程中，我们参考了一些有关书籍资料，书中没有一一注明，谨在此一并致谢。注译的全过程得到湖北大学古籍研究所所长朱祖延教授的关注和指导。由于我们学识有限，谬误之处在所难免，恳请专家和读者批评指正。

谢先俊（湖北大学）
王勋敏（湖北大学历史文化学院）

庚子岁五月中从都还阻风于规林(二首)

庚子岁是晋安帝隆安四年(400),陶渊明三十六岁,这时他在荆州刺史桓玄(镇江陵,今湖北江陵)的幕府中任职。这两首诗是他奉命出使京都(建康,今江苏南京),返途中路过江西,准备顺道省亲而被风所阻时写的。规林,今地不详,据诗当在彭蠡湖(今鄱阳湖)距浔阳(今江西九江)不远处。诗中写不能及时到家的苦恼和路途的艰险,并以征途喻仕途,表露了作者对仕宦生活的厌倦和对田园生活的向往。

其　一①

行行循归路②，计日望旧居③。
一欣侍温颜④，再喜见友于⑤。
鼓棹路崎曲⑥，指景限西隅⑦。
江山岂不险，归子念前涂⑧。
凯风负我心⑨，戢枻守穷湖⑩。
高莽眇无界⑪，夏木独森疏⑫；

---

① 此诗写作者盼望到家的急切心情和中途被风波所阻而产生的怅惘。 ② 行行：行不止貌。循：沿着，顺着。 ③ 旧居：指老家。 ④ 侍温颜：《礼记·曲礼》载“凡为人子之礼，冬温而夏凊(qìng 庆)”，意思是说做儿子的应该冬天使父母温暖，夏天使父母清凉，因此侍温颜谓侍亲。时渊明父亲已死，这里指侍奉母亲孟氏。 ⑤ 友于：代指兄弟。语出《尚书·君陈》。陶渊明无亲兄弟，这里指叔伯兄弟敬远、仲德。参见陶集《癸卯岁十二月中作与从弟敬远》、《祭从弟敬远》、《悲从弟仲德》。 ⑥ 鼓棹(zhào 照)：划船。 ⑦ “指景”句：看太阳已悬在西边天际。指：顾。景：这里指太阳。限：停止。隅：边。 ⑧ 归子：回家的人，此作者自指。前涂：前路，回家的路。涂，同“途”。 ⑨ 凯风：南风，这里指逆风。 ⑩ 戢枻(jí yì 疾意)：收起船桨。戢：收藏。枻：短桨。穷湖：指彭蠡湖。 ⑪ 高莽：高深茂密的草丛。眇(miǎo 秒)：辽远。 ⑫ 森疏：状林木茂盛，枝叶四布。

谁言客舟远①？近瞻百里余②。

延目识南岭③，空叹将焉如④！

【翻译】

沿着归路日夜兼程，

掐算时日盼望早到家园。

一喜可以侍候慈母，

二喜能与兄弟见面。

船儿在艰难曲折的水道划行，

紧赶慢赶日已西悬。

江山夜行岂不艰险，

阻挡不住我归心似箭。

南风骤起违我心愿，

收起船桨困守荒湖岸边。

草丛深密一望无际，

夏天的林木叶茂枝繁；

谁说归舟离家很远？

审视此地离家不过百里多点。

---

① 客舟：载客的船，这里指归舟。客，作者自指。② 瞻：望。③ 延目：放眼，远望。南岭：这里指庐山。渊明的家在庐山脚下。④ 将：当。焉如：何至。

远望庐山已经依稀可辨，

近不可及空自嗟叹抱怨！

其　二①

自古叹行役②，我今始知之。

山川一何旷③，巽坎难与期④。

崩浪聒天响⑤，长风无息时。

久游恋所生⑥，如何淹在兹⑦？

静念园林好，人间良可辞⑧。

当年讵有几⑨，纵心复何疑⑩！

【翻译】

自古多叹出门艰难，

---

① 此诗着重写行役之苦和对故乡的怀念。 ② 行役：在外奔波，此侧重指出官差。 ③ 一何：多么。旷：空旷，辽阔。 ④ 巽（xùn 迅）坎：《周易》中的两个卦名，巽代表风，坎代表水。这里借指风波。期：预料。 ⑤ 聒（guō 锅）：喧嚷。 ⑥“久游”句：游指宦游。久，固然指时间久，时间短也可以说久，表达了作者对仕途的厌倦。所生：指亲生父母。这里指母孟氏。参见前诗“侍温颜”注。 ⑦ 淹：淹留，停滞。兹：指规林。 ⑧ 人间：这里指世俗官场。良：实在。 ⑨ 当年：壮年。讵（jù 巨）：曾，才。 ⑩ 纵心：任情，不受拘束。

如今亲历方知此理。
千山万水多么辽阔，
风波难料逆风骤起。
浪如山崩震天轰响，
狂风劲吹经久不息。
久游已倦思母心切，
怎耐遇阻滞留此地？
默想终是田园美好，
仕途实该趁早远避。
人生壮年能有多久，
随心任情不再迟疑！

和郭主簿(二首选一)

和(hè贺):应和,为应答别人的诗词而作。主簿:官名,负责文书簿籍一类的事。郭主簿:名字生平不详。晋安帝隆安五年(401)冬,陶渊明从江陵桓玄幕府任中回家服母丧,在家里住了两年多。他回家的第二年(402)夏秋,写了《和郭主簿》诗二首,时年三十八岁。这里选了其中第一首,是写他居家期间适意的田园生活。诗中流露了诗人知足常乐,不慕功名富贵的思想。

蔼蔼堂前林[1]，中夏贮清阴[2]。凯风因时来[3]，回飙开我襟[4]。息交游闲业[5]，卧起弄书琴。园蔬有余滋[6]，旧谷犹储今。营己良有极[7]，过足非所钦[8]。舂秫作美酒[9]，酒熟吾自斟。弱子戏我侧[10]，学语未成音[11]。此事真复乐[12]，聊用忘华簪[13]。遥遥望白云，怀古一何深[14]！

【翻译】

葱茏茂密的堂前林木，

仲夏的季节贮满清阴。

应节的南风阵阵吹来，

回风掀开了我的衣襟。

---

① 蔼蔼：茂盛貌。② 中夏：指农历五月。③ 凯风：南风。④ 回飙（biāo标）：回旋的风。⑤ 闲业：指六艺，即读书弹琴等。这里与它相对的正业指做官出仕。⑥ 余滋：余味无穷。滋：滋味。⑦ 营己：指自己谋生的物质需求。良：很。极：极限。⑧ 过足：超过维持基本生活的奢求。钦：羡慕。⑨ 秫（shú熟）：粘稻，可供酿酒。⑩ 弱子：幼小的儿子。⑪ 未成音：语音不完整，吐字不清。⑫ 真：淳真，天真。⑬ 聊：暂且。华簪（zān暂阴平）：华贵的发簪，借指荣华富贵。⑭ "遥遥"二句：《庄子·天地》说，古时候的圣人，遇到好世道，就积极进取以求发展；时间久长，厌倦人世，便乘白云而登仙境，避开一切祸患。诗人用这个典故，表示自己欲仿效古时圣人，不愿做官。一何：多么。

停止官场交往而沉浸于六艺，
终日里不是读书便是弹琴。
园里的蔬菜有无穷的滋味，
隔年的陈谷一直储存到如今。
自己营生的需要原很有限，
过多的积蓄违背初心。
舂米捣谷我自酿美酒，
美酒酿成我自斟自饮。
幼子在身边往来游戏，
牙牙学语还发不出完整的声音。
这样的生活多么淳真有趣，
可以把荣华富贵忘得一干二净。
抬头向着白云遥望，
怀念古人的高尚行迹我无限深情！

癸卯岁始春怀古田舍(二首选一)

怀古田舍:在田舍中怀古。“癸卯岁”是晋安帝元兴二年(403),陶渊明时年三十九岁。此诗共二首,这里选的是第二首。诗中缅怀古人的言论行迹,表达了忧世之情。陶渊明从这个时期开始,参加了一些农业劳动,亲身体验到躬耕的乐趣,表示在当世既不能像孔子那样立身行道,不如学长沮、桀溺洁身守节,隐居力耕。

先师有遗训:“忧道不忧贫①”。

瞻望邈难逮②,转欲志长勤③。

秉耒欢时务④,解颜劝农人⑤。

平畴交远风⑥,良苗亦怀新⑦。

虽未量岁功⑧,即事多所欣⑨。

耕种有时息,行者无问津⑩。

日入相与归⑪,壶浆劳近邻⑫。

长吟掩柴门,聊为陇亩民⑬。

---

① “先师”二句:先师,尊称孔子。孔子曾说“君子忧道不忧贫”,意思是君子担忧不能行道,而不是为贫困发愁。见《论语·卫灵公》。 ② “瞻望”句:意思是说自己想遵从孔子的教诲去做,但力不从心,难以办到。暗指世道浑浊,大道难行。邈:远。逮:企及。 ③ 长勤:指长期从事农业劳动。④ 秉:手持。耒(lěi 垒):古代一种耕地的农具,这里泛指农具。时务:按时应节做的事情,指农事。 ⑤ 解颜:开颜,面带笑容。 ⑥ 畴:田野。 ⑦ 怀新:指萌发生长。怀:孕育。⑧ 岁功:一年的收成。 ⑨ 即事:指眼前的情景。 ⑩ “行者”句:《论语·微子》载,孔子与他的学生们同行,向正在耕作的隐者长沮、桀溺问津。津为渡口。问津,指询问渡口,后来泛指问路;陶渊明在作品中常指探求治世的途径。这句以长沮、桀溺自比,慨叹没有像孔子那样奔走问津有治世之志的人了。 ⑪ 相与:结伴。 ⑫ 壶浆:壶酒。劳:慰劳。 ⑬ 陇亩民:田野之人,即农夫。

【翻译】

先师孔子留遗训：
“君子忧道不忧贫”。
仰慕高风不可及，
立志长期事农耕。
手持犁耙去干活，
笑语殷勤慰农民。
田野平旷来远风，
禾苗长势日日新。
一年收成虽未定，
眼前景象暖人心。
有时耕作有时歇，
未有行人来问津。
太阳落山结伴回，
提壶备酒邀近邻。
吟诗且把柴门掩，
愿为农夫终此生。

停　云并序

《停云》共分四章，前面冠以小序。作者自言是怀念亲友之作。写作时间与渊明集中的《时运》《荣木》两首诗同时，为晋安帝元兴三年(404)，陶渊明时年四十岁。诗中所写的大都是在隐居生活中思与亲友同饮而不可得的怅惘心情。但透过“八表同昏”、“平路伊阻”、“平陆成江”这些诗句，也不难看出作者关怀世难的忡忡忧心。

《停云》，思亲友也。罇湛新醪①，园列初荣②，愿言不从③，叹息弥襟④。

霭霭停云⑤，濛濛时雨⑥。八表同昏⑦，平路伊阻⑧。静寄东轩⑨，春醪独抚⑩。良朋悠邈⑪，搔首延伫⑫。停云霭霭，时雨蒙蒙。八表同昏，平陆成江。有酒有酒，闲饮东窗。愿言怀人，舟车靡从⑬。

东园之树，枝条载荣⑭。竞用新好⑮，以怡余情⑯。人亦有言，日月于征⑰。安得促席⑱，说彼平生⑲。

翩翩飞鸟⑳，息我庭柯㉑。敛翮闲止㉒，好声相和㉓。岂无他人，念子实多㉔。愿言不获，抱恨如何！

---

① 罇（zūn 尊）：同"樽"，酒杯。湛（zhàn 站）：沉，澄清。醪（láo 牢）：浊酒，今称醪糟。 ② 初荣：新开的花。 ③ 愿：思念。言：语助词。不从：不顺心。 ④ 弥襟：满怀。 ⑤ 霭霭：云密集貌。停云：凝而不散的云。 ⑥ 濛濛：微雨貌。时雨：季节雨。 ⑦ 八表：八方。泛指天地之间。 ⑧ 伊：语助词。 ⑨ 寄：托身。东轩：东窗。 ⑩ 抚：持。 ⑪ 悠邈：遥远貌。 ⑫ 延伫：长时间地伫立等待。 ⑬ 靡：无。 ⑭ 载：始。荣：茂盛。 ⑮ 新好：新的美姿。 ⑯ 怡：娱乐。 ⑰ 于：语助词。征：行，这里指时光流逝。 ⑱ 促席：古人席地而坐，坐得很近叫促席。 ⑲ 平生：平时，这里指素志。 ⑳ 翩翩：鸟飞翔貌。 ㉑ 柯：树枝。 ㉒ 敛翮（hé 何）：收敛翅膀。止：语助词。 ㉓"好声"句：以鸟鸣求侣，比拟人的求友。 ㉔ 子：你，指好友。

【翻译】

《停云》这首诗，是为怀念亲友而作的。酒盅里斟满了新酿的酒，庭园中长满了新开的花，想起远方友朋而无由见面，实在令人郁悒满怀。

天上阴云密布，
细雨下个不停。
到处天昏地暗，
道路阻塞难行。
静坐东窗之下，
自斟春酒自饮。
等待远方好友，
搔断头发几茎。
天上阴云密布，
细雨下个不休。
到处天昏地暗，
江河泛滥横流。
好在家中有酒，
东窗闲饮消愁。
想去探亲访友，
无从寻觅车舟。
东园早春树木，

抽条布叶纷披。
争舒新绿一片，
使我心旷神怡。
平时常听人说，
时光一去难追。
怎得挨肩并坐，
与君畅叙情怀。
飞鸟轻盈矫捷，
落在庭前树梢。
栖止安闲自在，
嘤嘤鸣叫相招。
身边非无伴侣，
只为想你心焦。
相思无从见面，
令人遗恨难消。

时　运并序

《时运》也分四章，与《停云》写于同一年（参见《停云》提示）。诗前小序明言咏暮春独游。诗人欣赏大好春光，无限欣悦；伤今思古，又寄托了对自己身世的感慨。这种“欣慨交心”的复杂情感，曲折地表达了他对淳朴社会和自由生活的向往。

《时运》，游暮春也①。春服既成②，景物斯和③，偶影独游，欣慨交心。

---

① 暮春：晚春，指农历三月。 ②“春服”句：春装已经穿定了。语出《论语·先进》，参见本诗“悠想”句注。成：定。③ 斯：连词，乃，则。

迈迈时运①，穆穆良朝②，袭我春服，薄言东郊③。山涤余霭④，宇暖微霄⑤，有风自南，翼彼新苗⑥。

洋洋平泽⑦，乃漱乃濯⑧；邈邈遐景⑨，载欣载瞩⑩。人亦有言，称心易足；挥兹一觞⑪，陶然自乐。

延目中流⑫，悠想清沂：童冠齐业，闲咏以归⑬。我爱其静，寤寐交挥⑭；但恨殊世⑮，邈不可追。

斯晨斯夕⑯，言息其庐。花药分列，林竹翳如⑰。清琴横床，浊酒半壶。黄唐莫逮⑱，慨独在余⑲。

---

① 迈迈：运行貌。时运：四时运转。 ② 穆穆：和煦貌。 ③ 薄：迫近。这里指来到。言：语助词。 ④ 霭：云气。 ⑤ 宇：天宇，天空。霄：雨后彩虹。 ⑥ 翼：这里状禾苗被吹拂貌。 ⑦ 洋洋：水盛貌。 ⑧ 乃：语助词。濯(zhuó 浊)：洗濯。 ⑨ 邈邈：远貌。遐：远。 ⑩ 载……载：且……且，表示两个动作同时进行。 ⑪ 挥：倾，干(杯)。觞(shāng 伤)：古代一种酒器。 ⑫ 延目：远望。 ⑬ "悠想"三句：《论语·先进》载，孔子的学生曾点对孔子言志："暮春者，春服既成，冠者五六人，童子六七人，浴乎沂，风乎舞雩，咏而归。"作者用这个典故表达自己的志趣追求。悠想：遥想。沂：沂水，在今山东南部、江苏北部。童冠：即上述童子、冠者，指儿童和成年人。古时男子二十岁加冠表示成年。齐业：学完课业。 ⑭ "寤寐(wù mèi 物妹)"句：指日思夜想。寤是醒，寐是睡。 ⑮ 殊世：异代。 ⑯ 斯：语助词。 ⑰ 翳(yì 意)如：茂密貌。 ⑱ 黄唐：黄帝、唐尧，指上古时代。逮：到，及。 ⑲ 余：我。

【翻译】

《时运》一诗，是暮春纪游之作。身上穿着春装，在和煦的春光里，以影为伴，独自出游，内心交织着欢乐和感慨的复杂感情。

四时不停地运行，
又送来春风和熙的良辰。
穿上我的春装，
到东郊野外去散心。
山上的云气荡涤如洗，
天空中隐约出现雨后的虹霓。
一阵南风吹过，
新生的禾苗如羽翼纷披。
平湖的水汪洋一片，
可以漱口，可以沐浴；
面对辽阔的自然景物，
我怀着喜悦的心情放眼远瞩。
平时常听人说，
只求称心的人遇事容易满足。
把手中的酒盏一挥而尽，
我自得其乐无拘无束。
放眼向中流远望，

缅怀着沂上的风光：
儿童和成年人一齐习完课业，
在回家的道路上悠闲地歌唱。
古人恬静的风度使人羡慕，
我日思夜梦，无限向往。
恨只恨古今人生不同时，
遥远的历史足迹我又哪能追上。
无论是清晨还是夜晚，
我都歇息在这所屋中。
花卉和药材分行种植，
树林和丛竹郁郁葱葱。
床上横着清琴一把，
壶中剩有浊酒几盅。
生不逢黄帝唐尧那样盛世，
我独自一人慨叹无穷。

始作镇军参军经曲阿作

始作:初就职务。参军:官名,幕僚。曲阿:今江苏丹阳。陶渊明四十岁时,即晋安帝元兴三年(404)作镇军将军、徐州刺史刘裕的参军,这首诗是他在赴任途中写的。诗中说"时来苟冥会,婉娈憩通衢",似乎这次出仕恰逢偶然机会,实际上是"被褐"、"屡空"的日子难以"欣自得"、"常晏如"。为生计所迫,不得不违背心愿出门远仕。还没到任,就盼归田,这样矛盾的心理状态,委婉地表现了诗人对动乱时世的畏惧,对当权者怀抱冷漠态度。

弱龄寄事外①,委怀在琴书②。被褐欣自得③,屡空常晏如④。时来苟冥会⑤,婉辔憩通衢⑥;投策命晨装,暂与园田疏。眇眇孤舟逝⑦,绵绵归思纡⑧。我行岂不遥,登降千里余⑨。目倦川涂异⑩,心念山泽居。望云惭高鸟,临水愧游鱼。真想初在襟⑪,谁谓形迹拘⑫。聊且凭化迁⑬,终返班生庐⑭。

【翻译】

年轻时置身于世事之外,

把情怀寄托在琴书之中。

身穿粗布衣衫却怡然自得,

哪管穷困贫乏,锅罄碗空。

一个偶然的时机来到,

---

① 弱:幼。事:指世事,仕途。 ② 委:寄托。 ③ 被:同“披”。褐:粗布衣,贱者之服。 ④ 晏如:安乐貌。 ⑤ 时:时机,时运。苟:居然。冥会:暗中巧合。 ⑥ 婉:揽。辔:马缰绳。憩(qì 气):休息。通衢(qú 渠):四通八达的大道,比喻仕途。 ⑦ 眇眇:远貌。 ⑧ 绵绵:不绝貌。纡:曲折萦回。 ⑨ 登降:上山下山,指路途艰难。 ⑩ 涂:同“途”。 ⑪ 真想:真实淳朴的思想。初:原本。 ⑫ 形迹:指形体所为。 ⑬ 化迁:造化的自然推移。 ⑭ 班生庐:指仁者隐者居处。班生指东汉史学家、文学家班固,他在《幽通赋》中说“里上仁之所庐”,意谓要择仁者草庐居住。

我登车揽辔竟然踏上了仕途。
丢下书籍简策，我清晨整装上路，
暂时告别了朝夕相处的家园田庐。
乘坐一叶孤舟我悠然远逝，
可思归的念头仍不断在心头盘纡。
漫长的旅途何其辽阔，
跋山涉水不觉走了千里有余。
两眼看腻了异地的山川，
内心系念着故乡的山水旧居。
仰望云端，我羞见云间的飞鸟；
俯临流水，我愧对水里的游鱼。
爱好自然的真情从不曾离开怀抱，
谁料如今已为形迹所驱。
姑且任凭造化的摆布吧，
最后我还是要返回班生所说的那种仁者之里闾。

归园田居五首

《归园田居》共五首，是陶渊明由彭泽令任上弃官归隐后的第二年，即晋安帝义熙二年(406)写的一组诗。这一年陶渊明四十二岁。这组诗历来被称为陶渊明田园诗的代表作。它生动地抒写了诗人归田后的生活和感受，表现了他对污浊的社会现实的不满和对淳朴、清静的田园生活的热爱。

其　一①

少无适俗韵②，性本爱丘山③。误落尘网中④，一去十三年⑤。羁鸟恋旧林，池鱼思故渊⑥。开荒南野际，守拙归园田⑦。方宅十余亩⑧，草屋八九间。榆柳荫后檐，桃李罗堂前⑨。暧暧远人村⑩，依依墟里烟⑪。狗吠深巷中，鸡鸣桑树巅。户庭无尘杂⑫，虚室有余闲⑬。久在樊笼里⑭，复得返自然。

---

① 这首诗写作者辞官归田的原因以及归田乡居的激动、愉快的心情，表现了他不愿与世俗同流合污的高洁情趣。② 适俗：适应世俗。韵：气质、品性。③ 性：本性。④ 尘网：世俗的罗网，比喻仕途、官场。⑤ 十三年：原作"三十年"，陶渊明从初入仕途到辞官归田，前后恰好十三年，故改。⑥"羁(jī基)鸟"二句：作者以羁鸟、池鱼自喻，表达官场生活对自己的束缚，以旧林、故渊，表达对田园生活的依恋。羁鸟：被关在笼子里的鸟。池鱼：被捕养在池中的鱼。渊：潭。⑦ 拙：愚直。守拙谓保持愚直的本性，指自己不会机巧逢迎。⑧ 方宅：住宅方圆四周。⑨ 罗：排列。⑩ 暧暧(ài爱)：昏暗不明貌。⑪ 依依：轻柔貌。⑫ 尘杂：尘俗的杂事。⑬ 虚室：空寂的居室。这里用来比喻内心的明净、安适。⑭ 樊笼：樊是篱笆，笼是笼子，比喻不自由的境地。这里指仕途生活。

【翻译】

我从小没有迁就世俗的气质，
生性就酷爱山川自然。
谁知误落进仕途俗网，
一去便是一十三年。
笼中鸟留恋旧时的山林，
池中鱼思念昔日的水潭。
在南郊的田野边开荒躬耕，
恪守我愚直的本性重返园田。
住宅占地十余亩，
筑有草屋八九间。
葱郁的榆和柳遮蔽后檐，
成行的桃与李排列堂前。
黄昏中远处的山村依稀可见，
近处的农舍上正升起袅袅炊烟。
汪汪汪狗吠阵阵深巷里，
喔喔喔鸡啼声声桑树巅。
庭院中再没有世俗杂事，
内心里明净净无比安闲。
好似那鸟儿长系樊笼里，
终于冲出樊笼飞回大自然。

其　二①

野外罕人事②，穷巷寡轮鞅③。
白日掩荆扉④，虚室绝尘想⑤。
时复墟曲中⑥，披草共来往⑦。
相见无杂言⑧，但道桑麻长⑨。
桑麻日已长，我土日已广⑩。
常恐霜霰至⑪，零落同草莽⑫。

【翻译】

乡居少与世俗交游，
偏僻里巷少有车马来往。

---

① 这首诗写作者归田后的清静生活和感受。 ② 野外：郊野，指乡居。罕：少。人事：指世俗的交游往来。 ③“穷巷”句：居处僻陋，车马稀少。当时能乘车马交游的是士大夫之流，意谓很少与官宦往来。穷：偏僻。轮鞅（yāng 央）：代指车马。轮指车轮，鞅是马驾车时套在马颈上的皮带。 ④ 荆扉：柴门。 ⑤ 尘想：世俗的念头。 ⑥ 时复：有时又。墟曲：犹“墟里”，指僻乡。 ⑦ 披：拔开。 ⑧ 杂言：尘杂之言，尘俗的言谈。 ⑨ 但道：只说。 ⑩ 我土：这里指自己开荒种植的田地。 ⑪ 霰（xiàn 线）：小雪珠，冰粒。 ⑫“零落”句：庄稼凋落如同野草。莽：野草丛。

白天常把柴门关闭，

独处幽静的屋子里摒绝了俗事尘想。

僻巷中我们常来来去去，

拨开荒草和老农相互寻访。

见面不道尘俗语，

开口争相话麻桑。

桑麻天天往上长，

新垦耕地渐拓广。

常怕霜霰突至遭摧残，

干折叶落形同杂草一样。

其　三①

种豆南山下②，草盛豆苗稀。

晨兴理荒秽③，带月荷锄归④。

道狭草木长⑤，夕露沾我衣。

衣沾不足惜，但使愿无违⑥。

---

① 这首诗写作者归田后的日常劳动生活，抒发他不与世俗同流合污，永远坚持自己理想、志趣的意愿。 ② 南山：指庐山。 ③ 兴：起。理：整治。秽：杂草。 ④ 荷（hè 贺）：扛。 ⑤ 草木长：草木丛生。 ⑥ 愿：这里指归耕的意愿。

【翻译】

南山脚下把豆种，
杂草多来豆苗少。
鸡鸣即起去锄草，
扛锄归来月儿高。
窄窄小道草木密，
晚露浸湿我衣袍。
湿了衣袍何足惜，
守拙归田志更牢。

其　四①

久去山泽游②，浪莽林野娱③。试携子侄辈④，披榛步荒墟⑤。徘徊丘陇间⑥，依依昔人居⑦。井灶有遗处，桑竹残朽株⑧。借问采薪者⑨："此人皆焉如⑩？"薪者向

---

① 这首诗感叹人生荣枯的变化无常。 ② 去：离开。游：游宦，出仕。 ③ 浪莽：尽情，放纵。 ④ 试：姑且。 ⑤ 榛（zhēn针）：树丛。荒墟：荒废的村落。 ⑥ 丘陇：墓地。 ⑦ 依依：隐约可辨貌。 ⑧ 残朽株：指竹木残存的根和干。株：露出地面的树根。 ⑨ 采薪者：即下文"薪者"，樵夫，砍柴的人。薪：柴。 ⑩ 焉：何，哪里。如：往。

我言："死殁无复余①。""一世异朝市②"，此语真不虚。
人生似幻化③，终当归空无④。

【翻译】

我久别山林湖泽奔走仕途，
归来后遨游林野纵情欢娱。
这一次带领我子侄一行，
劈荆棘漫步在荒村废墟。
我们在墓地间徘徊盘桓，
仿佛看见了当年人们在此生聚。
废井断灶历历在目，
处处残留着昔年桑竹的枯干朽株。
请问砍柴人：
"这里的人都迁往了哪里？"
樵夫对我说：
"这里的人早已死绝无孑遗⑤。"

---

① 殁(mò末)：死。 ②"一世"句：经过三十年的变迁，朝市的面貌很不相同。这是当时一句成语，意谓社会变化很快。一世：古时以三十年为一世。朝市：朝廷和市集，都是公众聚集、世人瞩目的地方。 ③ 幻化：指人事变化无常。④ 空无：犹灭绝。 ⑤ 无孑遗：没有幸存的人。孑遗：遭受兵灾等巨大变故后幸存下来的少数人。

“三十年朝市面貌大改变”，
如今我更加信此语。
人的一生幻化无常，
到头来将终归毁灭无余。

其　　五①

怅恨独策还②，崎岖历榛曲③。
山涧清且浅，遇以濯吾足④。
漉我新熟酒⑤，只鸡招近局⑥。
日入室中暗，荆薪代明烛⑦。
欢来苦夕短⑧，已复至天旭⑨。

【翻译】

我心怀惆怅独自拄杖归来，
走过那草木丛生的崎岖小径。

---

① 这首诗写作者躬耕自给带来的乐趣以及与农家淳朴交往的欢愉之情。 ② 怅恨：惆怅和憾恨。策：拐杖，这里用作动词。 ③ 崎岖：地面高低不平。历：走过。曲：曲折隐蔽的地方。 ④ 濯(zhuó 浊)：洗。 ⑤ 漉(lù 鹿)酒：用布滤酒。 ⑥ 近局：近邻。 ⑦ 荆薪：柴草。 ⑧ 苦：恨。 ⑨ 已：已而，谓时间短暂。

山涧的流水既清又浅，
遇上涧水把双脚洗个干净。
把自酿的新熟美酒滤就，
烹只肥鸡邀来近邻。
日落室暗兴犹未尽，
燃起柴薪代烛通宵畅饮。
欢愉只恨夜太短，
不知不觉到天明。

饮　酒并序（二十首选八）

《饮酒》诗共二十首。诗前有序，这里选八首。作者在序中自言这组诗为醉后题咏，不是一次写成的。诗中回顾道："行行向不惑，淹留遂无成"（第十六首，见选诗七），不惑之年是四十岁，写时离四十岁不会太远。又第十九首有"是时向立年"、"亭亭复一纪"及"终死归田里"语，立年是三十岁，一纪十二年，三十加十二是四十二岁，正是陶渊明辞彭泽令归田后一年。所谓"终死归田里"表明了作者归田的决心。归田不久才会写田父劝他再仕（第九首，见选诗四）。组诗一方面表述他决心归隐，一方面又感叹壮志未酬，殊无建树和世道颓败，这种矛盾正符合这个时期诗人的思想逻辑。因此，这组诗当与《归田园居》写于同一年。王瑶定于义熙十三年(417)(见王瑶《陶渊明集》)，可备一说。

作者以饮酒为题，写饮酒，意不在酒，写醉酒，未必真醉，他是借酒、借醉酒抒情咏志。组诗的内容是多方面的，主要是表达自己固穷守节、不与世俗沉浮和归耕田园的决心。我们透过他对大自然和闲适生活的赞美，不难窥见他绝非超然物外。诗中对社会的黑暗和官场的污浊，含蓄地进行了讽刺和抨击，这正道出了促使他归田的原因。

余闲居寡欢，兼比夜已长①，偶有名酒，无夕不饮，顾影独尽②。忽焉复醉③。既醉之后，辄题数句自娱④，纸墨遂多⑤。辞无诠次⑥，聊命故人书之，以为欢笑尔。

---

① 兼：并且。比：近来。 ② 顾：看。 ③ 忽焉：很快地。 ④ 辄(zhè 哲)：就。 ⑤ 纸墨：指写的诗稿。 ⑥ 诠次：选择并排列顺序。

其　一①

衰荣无定在②，彼此更共之③。
邵生瓜田中④，宁似东陵时⑤！
寒暑有代谢⑥，人道每如兹⑦。
达人解其会⑧，逝将不复疑⑨。
忽与一觞酒⑩，日夕欢相持。

【翻译】

我闲住很少欢乐，加上近来秋夜变长，每逢得到名酒，没有一夜不喝的，对着自己的影子独饮，不知不觉便醉了。醉了之后，往往写几句诗自我取乐，诗稿渐多，也不再选择编排，姑且请老友把它誊

---

① 此诗原列第一首。作者通过历史人物的衰荣、自然界的寒暑交替，说明人生无常的道理，写出了他安贫乐道、自我解脱的心境。 ② 衰荣：指人或事物的衰枯和兴旺。 ③ 更：更替。 ④ 邵生：秦末汉初人邵平。邵平在秦朝封东陵侯，秦灭，他成了贫穷的老百姓，在城东种瓜，处境截然不同。见《汉书·萧何传》。邵，《汉书》作召，字通。 ⑤ 宁：岂。 ⑥ 代谢：更替。来者为代，去者为谢。 ⑦ 兹：此，指事物的兴衰代谢。 ⑧ 达人：达观的人，作者自谓。会：道理，旨趣。 ⑨ 逝：发语词。 ⑩ 忽：疾速。觞（shāng 伤）：古代酒器。

清，拿来自我取乐罢了。

衰和荣不永远属于某事某物，
万事万物总是互相交替共荣衰。
邵平穷愁潦倒种瓜时，
哪像他当年东陵封侯居高位！
从春到冬，冬复至春，寒来又暑往，
人生道理一个样，衰荣总相随。
达观的人看透了其中理趣之所在，
我一条道走下去不再犹豫徘徊。
快与酒做伴，
终日落个醉。

其　二[①]

结庐在人境[②]，而无车马喧[③]。

① 此诗原列第五首。作者强调思想上抛却俗念，就能摆脱尘世的干扰，尽情体味大自然的意趣。见飞鸟还林而庆幸自己迷途知返，终于远离尘嚣得到闲适恬静的生活，这大概便是他领悟到的“真意”。 ② 结庐：建造房屋。此犹寄居。 ③“而无”句：没有车的喧闹声。指没有世俗交往。

问君何能尔[1]？心远地自偏[2]。
采菊东篱下，悠然见南山[3]。
山气日夕佳[4]，飞鸟相与还[5]。
此中有真意[6]，欲辨已忘言[7]。

【翻译】

我寄居在这尘嚣的人间，
门前独无车马喧阗。
若问我为啥能这样，
心离俗尘住所自然偏远。
在屋东的篱下把菊花采，
悠闲自在瞧见南山。
傍晚的山色最美好，
倦鸟结伴返回林间。
此情此景蕴藏着淳真的意趣，
我想辨别表达却选择不出恰当的语言。

---

① 君：此作者自谓。尔：这样。 ②“心远”句：只要内心远远超脱世俗观念，虽处在喧闹之地，也同住在偏僻处一样。 ③ 南山：指庐山。 ④ 山气：山中的气象，山色。 ⑤ 相与还：结伴而归。 ⑥ 此中：此时此景。真意：自然淳真的意趣。 ⑦“欲辨”句：想辨别出来，忘了该用什么语言表达。意思是其中的真意已尽领悟，不必去辨别，也无须用语言表达。

其　三①

青松在东园，众草没其姿②；
凝霜殄异类③，卓然见高枝④。
连林人不觉⑤，独树众乃奇⑥。
提壶挂寒柯⑦，远望时复为⑧。
吾生梦幻间，何事绁尘羁⑨！

【翻译】

有棵青松生长在东边林园，
荒草杂树把它的英姿遮掩；
待到寒霜摧残其余的草木，
它枝挺叶翠分外高显。

---

① 此诗原列第八首。作者以孤松自喻，表达自己坚贞高洁的情志。在揭露当时贤愚不辨的同时，也流露出人生如梦的消极情绪。 ② 没(mò 墨)：遮蔽。 ③ 凝霜：严霜，寒霜。殄(tián 田)：灭。异类：指草及与松不同类的树木。 ④ 卓然：高高挺立貌。见(xiàn 现)：显露。 ⑤ 连林：树木相连成林。 ⑥ 乃：才。 ⑦ 壶：指酒壶。 ⑧"远望"句：这是"时复为远望"的倒装句，谓还时时向远处眺望。 ⑨ 何事：为什么。绁(xiè 泄)：拴马绳。这里用作动词，即拴、牵制。尘羁：尘世的羁绊。犹言尘网。

在成片的密林里人们倒不留意，
后凋独秀才惊奇它既直且坚。
盛酒的提壶挂在寒枝梢头，
醉眼矇眬我时时眺远。
人生原是一场梦，
何苦尘世自作茧！

其　四①

清晨闻叩门，倒裳往自开②。问子为谁欤③？田父有好怀。壶浆远见候④，疑我与时乖⑤：“褴褛茅檐下⑥，

① 此诗原列第九首。作者表示守拙不仕，不趋附浑浊时尚的坚定决心。诗中的“田父”，也许实有其人，也许是虚构，但肯定当时有人劝他再仕。陶渊明借田父问答形式，便于抒发自己的情怀。 ② 倒裳：颠倒衣裳。衣指上衣；裳指下裳，像裙子。意思是匆忙中来不及穿好衣服。语出《诗经·齐风·东方未明》。 ③ 子：谓田父。欤（yú 余）：语助词，表疑问。 ④ 浆：指酒。 ⑤ 疑：责怪，埋怨。乖：违背，不合。 ⑥ 褴褛（lǎn lǚ 拦吕）：同“襤褸”。衣服破烂貌。

未足为高栖①。一世皆尚同②,愿君汩其泥③。”“深感父老言,禀气寡所谐④,纡辔诚可学⑤,违己讵非迷⑥!且共欢此饮,吾驾不可回⑦。”

【翻译】

清早就听敲门声,
急忙穿衣自去开。
请问来客您是谁?
原是农父好心怀。
手提壶酒来问候,
怪我与时合不来:
“破衣烂衫茅檐下,
不该隐居误高才。
世风浑浊识时务,

① 高栖:指隐居。高:表敬意。 ② 尚同:崇尚同流随俗。 ③ 汩(gǔ 古)其泥:使浑浊。汩,同“淈”。此用《楚辞·渔父》中成语:“圣人不凝滞于物,而能与世推移,世人皆浊,何不淈其泥而扬其波。”是说可与世人同浊,不必独清。以上四句是田父劝说语。 ④ 禀气:禀性,天生的气质。谐:合。 ⑤ 纡辔:指改变志向。纡:曲折,回转。辔:马的缰绳等,代指马车。 ⑥ 违己:违背自己本心,指归耕的初衷。讵(jù 巨):岂。 ⑦ “吾驾”句:以车行的方向比拟人的志向。驾:车驾。此六句为诗人作答。

劝您逐流游宦海。”
“深感父老体己话，
怨我生性与人乖。
回车改道路虽通，
违心驰去怎不歪！
有酒暂且齐痛饮，
归耕终老志不回。”

其 五①

在昔曾远游②，直至东海隅③；
道路回且长④，风波阻中涂⑤。
此行谁使然⑥？似为饥所驱。
倾身营一饱，少许便有余⑦。

---

① 此诗原列第十首。作者追述他为生计所迫，不得已而做官，历经仕途的艰辛，终于决意归田闲居。 ② 远游：远仕。③ 东海隅：东海附近。指当时的京都建康（今江苏南京）一带。作者出仕期间曾数次去那一带活动。隅：边沿地带。④ 回：曲折。 ⑤ 中涂：途中。涂，同“途”。 ⑥ 此行：指作者上述远行，也泛指他出仕。然：如此，这样。 ⑦“倾身”二句：尽力谋求一饱，稍得即足。意谓不必远仕，自有他途。倾身：竭尽全力。营：谋求。少许：少量、一点点。

恐此非名计①，息驾归闲居。

【翻译】

往日官差出远门，
奔波直到东海边；
那条道儿弯又长，
一路历尽风和险。
谁让自己找罪受？
饥肠辘辘被驱遣。
竭心尽力混餐饱，
少许即足实可怜。
何况此行损名节，
不如回家且赋闲。

其　　六②

故人赏我趣，挈壶相与至。
班荆坐松下③，数斟已复醉。

---

① 非名计：不是保持清名的好办法。意谓做官会损伤固穷守志的名声。 ② 此诗原列第十四首。作者写与老友、乡亲同乐的山野情趣，借酒陶情的出世心情。 ③ 班：排布。荆：荆条、荆草。

父老杂乱言，觞酌失行次①。
不觉知有我，安知物为贵②？
悠悠迷所留③，酒中有深味！

【翻译】

老友深知我高趣，
邀伴携酒来相陪。
松下摊草依次坐，
数杯进肚早又醉。
你言我语闹声欢，
我斟你酌行次违。
晕晕糊糊不自知，
哪知身外物可贵？
悠哉细细品酒香，
其中本含深意味！

---

① 行次：斟酒的顺序。 ②“不觉”二句：醉得已经感觉不到自己的存在，对一切身外之物还有什么系恋？安：岂。物：指身外之物，包括世俗观念等各种系恋。 ③ 迷所留：指沉湎于酒。

其　七①

少年罕人事②，游好在六经③。
行行向不惑④，淹留遂无成⑤。
竟抱固穷节⑥，饥寒饱所更⑦。
蔽庐交悲风，荒草没前庭。
披褐守长夜⑧，晨鸡不肯鸣。

① 此诗原列第十六首。作者写自己少有壮志，老而无成，但人穷志不穷，以至历经磨难，穷愁潦倒。而最可悲的是在这个冷漠的社会里，没有一个人了解自己。 ② 人事：这里指社交活动。 ③“游好”句：意谓埋头于经世治国的学问。六经：也称六籍，即《诗》、《书》、《易》、《礼》、《乐》、《春秋》六种儒家经典。这里泛指古代的经籍。 ④ 行行：不停地走，比喻时光流逝。向：接近。不惑：不惑之年，即四十岁。语出《论语·为政》“四十而不惑”。 ⑤“淹留”句：意谓自己不趋时附势，与世俗同流，因此在功业上无建树。成：成就，这里主要指功业而言。 ⑥ 抱：持，坚持。固穷节：穷困时固守节操，意即宁可困穷而不改其志。语出《论语·卫灵公》。 ⑦ 更：经历。 ⑧ 褐：粗布衣。

孟公不在兹①，终以翳吾情②。

【翻译】

自幼胸怀壮志很少交际，
一心攻读治世的经籍。
光阴渐逝眼看挨近四十岁，
时乖运滞功业无成贫如洗。
我宁可困穷不改变初志，
一生饱经冻馁寒饥。
凄冷的风吹进破旧的草屋，
屋前的庭院长满了野草荆棘。
披着粗布衣衫坐盼长夜过去，
报晓的雄鸡偏偏不肯鸣啼。
可叹孟公不在今世没有知己，
只好把真情深深埋在心底。

① "孟公"句：孟公指东汉人刘龚，孟公是他的字。参见《后汉书·苏竟传》。据皇甫谧《高士传》载，东汉有一个读书人张仲蔚，家贫，住的地方蓬蒿没人，不被人们注意，只有刘龚了解他。作者境遇与张仲蔚相似，叹当世没有像刘龚那样的知己。兹：此，现在。 ② 翳（yì 意）：隐没。

其　八[1]

羲农去我久[2]，举世少复真[3]。汲汲鲁中叟[4]，弥缝使其淳[5]。凤鸟虽不至[6]，礼乐暂得新[7]。洙泗辍微

---

① 此诗原列第二十首。作者景仰上古淳真风气，希望浑浊的时尚能返朴还真。他推崇六经教化人民的功能，但当时负有教化责任的读书人，一心追逐名利，自己又无能改变这种状况，只得借酒抒怀解忧。虽然诗中反映的作者的历史观多有可议，但提出了醉酒的抗争方式。作者指出：酣醉才能清醒，才敢大胆地直斥时弊而不辜负头上的儒巾；只有承认酒后失言，才能取得人们的谅解和避害远祸。“但恨多谬误”一句反语，表现了他反对浑浊时尚的意志。 ② 羲农：伏羲氏、神农氏，他们都是传说中的上古帝王。 ③ 真：指真淳的社会风尚。 ④ 汲汲（jí 及）：急切追求貌。鲁中叟：指孔子，春秋鲁人。 ⑤ 弥缝：弥补。 ⑥“凤鸟”句：凤鸟即凤凰，传说中的瑞鸟。凤鸟出现，预示天下大治。孔子曾叹息“凤鸟不至”，意谓不逢盛世。参见《论语·子罕》。 ⑦“礼乐”句：相传礼乐是西周初周公制定的，春秋末，周朝衰亡，礼崩乐坏，经过孔子整理传授，礼乐得到复兴。参见《史记·孔子世家》。

响[1]，漂流逮狂秦[2]。《诗》《书》复何罪？一朝成灰尘[3]。区区诸老翁[4]，为事诚殷勤。如何绝世下，六籍无一亲[5]？终日驰车走，不见所问津[6]。若复不快饮，空负头上巾[7]。但恨多谬误[8]，君当恕醉人。

【翻译】

羲农之世离我们已经非常久远，

淳朴的古风到如今早荡然无存。

---

①“洙泗”句：洙泗指洙水和泗水，都在今山东曲阜北，孔子曾在那里教学。见《礼记·檀弓》。这句的意思是孔子死后就再也听不到微言大义了。辍（chuò 绰）：中止，停止。微响：犹微言，即微言大义，指含有深奥义理的精微语言。见《汉书·艺文志》。 ② 狂秦：暴虐的秦朝。逮（dài 代）：到。 ③“《诗》《书》”二句：指秦始皇焚书的事。作者痛加斥责。复：又。 ④ 区区：勤苦谨慎貌。诸老翁：指秦代儒生济南伏生、淄川田生等，汉初出来讲授六经，那时都有七八十岁。 ⑤“如何”二句：汉代经学家董仲舒倡导罢黜百家，独尊儒学；魏晋时崇尚老庄玄学而轻儒学，故有此问。绝世：此指汉代灭亡。 ⑥“不见”句：意谓没有像孔子那样为探求治世之道而奔走的人。问津：问路。参见《癸卯岁始春怀古田舍》诗“行者”注。 ⑦“空负”句：明写儒巾好滤酒，暗写借醉酒以斥时政。空负：白白辜负。头上巾：儒巾，儒者头上戴的葛巾，表明儒者身份。《宋书·陶潜传》载，酒熟后，渊明取葛巾滤酒，滤过后又戴在头上。 ⑧ 谬误：指言和行的过错。

孜孜以求的鲁国孔老夫子，
力挽颓风想让它复归淳正。
尽管凤鸟不至清明的政治难遇，
礼乐教化却暂时焕然一新。
讲坛上的微言大义随着孔夫子的死去而告中止，
历史的长河汪洋泛滥流逝到暴虐的嬴秦。
《诗》《书》古籍又有什么罪过？
霎时间一把火烧了个干净。
幸亏有汉初的几位遗老，
不惜老迈勤奋地追述六经古训。
为什么汉代后独尊儒学的传统中断，
到今天众儒生崇尚老庄而疏远儒经？
读书人不读书成天驱车逐名利，
治国救民的大道上没有像孔子那样的人奔走问津。
世事如此若不及时痛饮酒，
对不住头上这块好滤酒的儒生巾。
只恨我常醉酒酒后言行多谬误，
还希望先生您包涵我这醉乡人。

归　　鸟

《归鸟》共四章。诗人托兴"归鸟"，抒发自己孤高脱俗的情趣。诗中的树林比喻家园，天空、高云比喻仕途。全诗反复强调归鸟不思天路、只恋旧栖这层意思，表达了作者对官场的厌弃和归田的决心。它和《归田园居》中的"羁鸟恋旧林"、《饮酒》中的"飞鸟相与还"极其一致，与上面两首诗作于同一时期。

翼翼归鸟①，晨去于林②。远之八表③，近憩云岑④。

① 翼翼：飞翔悠闲貌。 ② 去：离开。 ③"远之"句：比喻远仕。之：至。八表：八方。 ④"近憩（qì 气）"句：比喻近处做官。云岑（cén 涔）：高耸入云的山峰。

和风不洽①，翮翮求心②。顾俦相鸣③，景庇清阴④。

翼翼归鸟，载翔载飞。虽不怀游，见林情依。遇云颉颃⑤，相鸣而归。遐路诚悠⑥，性爱无遗⑦。

翼翼归鸟，驯林徘徊⑧。岂思天路，欣反旧栖。虽无昔侣，众声每谐⑨。日夕气清，悠然其怀。

翼翼归鸟，戢羽寒条⑩。游不旷林⑪，宿则森标⑫。晨风清兴，好音时交。矰缴奚施⑬，已卷安劳⑭！

【翻译】

小鸟倦飞回巢来，

清早觅食出树林。

展翅翱翔飞远方，

---

①“和风”句：此诗四章分写四季归鸟的活动，和风即春风，既应时，也比喻仕途生活。洽：协调。 ②翮(hé 核)：鸟的翅膀。求心：追求所向往的。 ③俦(chóu 筹)：伴侣。 ④景：同“影”。庇(bì 避)：隐藏。 ⑤颉颃(xié háng 协杭)：上下翻飞。 ⑥遐路：指天空。与下“天路”意同。悠：远。 ⑦性爱：情爱。无遗：意谓达到极点。 ⑧驯林：沿着树林。驯，通“循”。 ⑨“虽无”二句：比喻离开官场同僚，和家人邻里和睦相处。 ⑩戢(jí 及)羽：收敛翅膀。条：树枝。 ⑪旷：空，虚。 ⑫森标：高枝。 ⑬矰缴(zēng zhuó 增浊)：猎取飞鸟的射具。矰是短箭，缴是系箭的丝绳。奚：何，怎样。 ⑭卷：卷藏。安：岂，何须。

就近歇翅在高岭。
春风与我方向反，
掉转翅膀重追寻。
顾盼伴侣鸣相招，
快把身影融清荫。
小鸟倦飞回巢来，
扇动双翅空中旋。
原本不怀凌云志，
待见深林更依恋。
云层阻隔上下搏，
此呼彼应返林间。
纵然天高任鸟飞，
生性恋巢情不变。
小鸟倦飞回巢来，
绕林盘旋情脉脉。
守拙不思攀云路，
欣然翩翩返旧窠。
告别旅途旧时伴，
林鸟知音鸣声和。
傍晚气象真清爽，
悠悠情怀更淡泊。
小鸟倦飞回巢来，

收敛双翅踞寒条。
觅食游乐不出林，
栖息专拣高枝杪。
晨风吹拂添雅兴，
众声啭鸣真美妙。
且看矰缴怎施展，
早藏深林枉自劳！

戊申岁六月中遇火

戊申岁是晋安帝义熙四年(408),诗人四十四岁。这年六月,他在上京的住宅被火烧毁,一家人只得住在门前水塘的船上。在初秋之夜,诗人回顾起自己贞刚耿直,生不逢时的遭遇,并怀慕上古淳朴之世人们所过的那种幸福生活,反映了他之所以退隐,绝非消极避世,而是出于对当时统治者的不满和失望。

草庐寄穷巷①,甘以辞华轩②。正夏长风急③,林室

① 寄:寄托,依附。② 辞:拒绝。华轩:华美的车子,富贵者所乘,这里指功名富贵。③ 正夏:盛夏。这里指六月。长风:大风。

顿烧燔①。一宅无遗宇②，舫舟荫门前③。迢迢新秋夕④，亭亭月将圆⑤；果菜始复生，惊鸟尚未还。中宵伫遥念⑥，一盼周九天⑦。总发抱孤介⑧，奄出四十年⑨；形迹凭化往⑩，灵府长独闲⑪；贞刚自有质⑫，玉石乃非坚⑬。仰想东户时，余粮宿中田；鼓腹无所思，朝起暮归眠⑭。既已不遇兹⑮，且遂灌我园⑯。

【翻译】

草屋座落僻巷之中，

远避富贵心甘情愿。

---

① 燔（fán 烦）：烧。 ② 宇：屋宇。 ③ 舫舟：船，同义复词。 ④ 迢迢：漫长貌。新秋：初秋。 ⑤ 亭亭：高远貌。 ⑥ 中宵：半夜。伫（zhù 住）：长时间站着。遥念：想得很远。 ⑦ 一盼：一顾，一望。周：遍，遍及。九天：天。这里指整个天地。 ⑧ 总发：指童年时。古代儿童把头发在头顶束成双结叫总发，因其状似两角，也称总角。孤介：方正耿直而不随和。 ⑨ 奄：忽然。此指时间过得很快。 ⑩ 形迹：身体，指生命。化：造化，指自然的变化。 ⑪ 灵府：指心。 ⑫ 自：本来，原来。 ⑬ 乃：却。 ⑭ “仰想”四句：意谓仰慕上古太平盛世。东户：东户季子，传说中的上古帝王。《淮南子·缪称训》载，东户时代道不拾遗，农具余粮都放在田头。宿：停留，此意存放。中田：田中。鼓腹：拍抚肚皮，是说吃得饱饱的。《庄子·马蹄》有上古赫胥氏时代“含哺鼓腹”的有关记载。 ⑮ 兹：此。 ⑯ 遂：就。

岂料盛夏风急火骤，
林屋顿时笼罩烈焰；
房屋没有剩下一间，
暂住船上栖身门前。
那是一个初秋长夜，
明月将圆高悬天边。
果菜开始恢复生机，
鸟有余悸还没飞还。
夜半久立浮想联翩，
一眼望尽八荒九天。
自幼胸怀孤高耿直，
转眼已过四十多年；
生命自然走向衰老，
心境始终淡远清闲；
本质生就坚贞刚强，
玉石虽硬不如心坚。
抬头遥想上古盛世，
余粮储放田头地端；
吃饱喝足无忧无虑，
早出游乐晚归安眠。
既已不逢这个时代，
姑且安心浇园种田！

庚戌岁九月中于西田获早稻

"庚戌岁"是晋安帝义熙六年(410),陶渊明四十六岁。西田,指当时住所西边的田。陶渊明辞彭泽令归田后,亲身参加了一段时间的耕作,对农业劳动有进一步的体验和感受。他在诗中强调解决衣食是人生的头等大事,抒发了通过辛勤劳动终于赢得丰收的感慨:致力躬耕得以洁身远祸,并获得物质的满足和精神的慰藉。

人生归有道①,衣食固其端②;孰是都不营③,而以

① 道:常理。 ② 固:本是。端:开端,第一件事。 ③ 孰:何。是:此,指衣食,意即农事。

求自安！开春理常业①，岁功聊可观②；晨出肆微勤③，日入负耒还④。山中饶霜露⑤，风气亦先寒⑥。田家岂不苦？弗获辞此难⑦。四体诚乃疲⑧，庶无异患干⑨。盥濯息檐下⑩，斗酒散襟颜⑪。遥遥沮溺心⑫，千载乃相关⑬。但愿长如此，躬耕非所叹。

【翻译】

人生总归有常道，
吃饭穿衣是开端。
岂有衣食不营理，
而能安乐免饥寒！
新春致力干农活，
一年收成尚可观。
清晨下地勤操作，
日落扛犁把家还。

---

① 常业：日常劳务，指农活。 ② 聊：尚且，大略。 ③ 肆：操持。微勤：些微的劳作，带有自谦的意味。 ④ 耒：农具。⑤ 饶：多。 ⑥ 风气：气候。 ⑦ "弗获"句：只是不能推脱这种艰苦的劳动。 ⑧ 四体：四肢，指身体。 ⑨ 庶：庶几，差不多。异患：意外的灾祸。干：犯，碰上。 ⑩ 盥（guàn 贯）濯：洗涤。 ⑪ 斗：古代盛酒具，相当于杯子。襟颜：心胸和容颜。⑫ 沮溺：指长沮、桀溺，古代隐居躬耕两隐者，参见《癸卯岁田舍怀古》"行者"句注。 ⑬ 乃：却、竟。

山地高寒多霜露，
入秋气候冷得早。
耕种庄稼岂不苦，
田家终岁任辛劳。
虽说身体真疲倦，
幸喜灾祸或可消。
洗罢手脚檐下歇，
喝盅酒儿散散心。
长沮桀溺去我远，
相隔千载情相亲。
但愿生活长如此，
躬耕田亩一身轻。

移居二首

《移居》共二首。晋安帝义熙四年(408)六月,陶渊明旧宅遭受火灾。过了两年,即义熙六年(410)迁居南村,这两首诗是他迁入新居后不久写的,时年四十六岁。两首诗都是写他迁居后同邻人友好交往的愉快生活。

其　一[①]

昔欲居南村,非为卜其宅[②]。

---

① 这首诗写移居南村,得与志同道合的邻居相处的和谐欢快。 ② 卜宅:占卜问宅之吉凶。

闻多素心人①，乐与数晨夕②。
怀此颇有年，今日从兹役③。
敝庐何必广，取足蔽床席。
邻曲时时来④，抗言谈在昔⑤。
奇文共欣赏，疑义相与析。

【翻译】

我早就萌发了移居南村的念头，
不是这里的风水有什么大吉大利。
听说南村的人们心地淳朴，
我乐意和这样的人为邻共处朝夕。
怀着这个心愿又几度春秋，
今天实现了初衷终于搬进了新第。
简陋的房舍何须宽敞，
有个地方容我存身已经称心如意。
友善的邻居常来常往，
高谈阔论追忆往昔毫无顾忌。
有好文章大家一同欣赏，

---

① 素心人：心地朴素的人。② 数(shǔ 署)：屡，常。③ 从兹役：进行这次劳动，指搬家。④ 邻曲：邻居。⑤ 抗言：热烈地交谈。抗，同“亢”，高亢。在昔：往古的事。

遇疑难处一道详加剖析。

其　二[1]

春秋多佳日，登高赋新诗。
过门更相呼，有酒斟酌之。
农务各自归，闲暇辄相思；
相思则披衣，言笑无厌时[2]。
此理将不胜[3]，无为忽去兹[4]。
衣食当须纪[5]，力耕不吾欺[6]。

【翻译】

春秋常有好晴天，
兴浓登高做新诗。
过门轮番相邀唤，
有酒请您共饮之。
农忙耕作各归家，

---

① 这首诗写移居南村后，和邻居同劳动共欢乐，建立了亲密无间的真挚感情，表达了作者对自耕自给的生活的适意和满足。 ② 厌：满足。 ③ 此理：即上述与邻居交往之乐。将：岂。胜：美。 ④ 忽：轻，轻易。兹：此。 ⑤ 纪：经营。 ⑥ 不吾欺：即不欺吾。吾，我。

一有闲暇便相思。
动念出门寻知己，
说笑欢洽无厌时。
此乐有啥和它比，
芳邻不可轻离弃。
吃穿务必勤营理，
力耕足食又丰衣。

还旧居

旧居指栗里旧宅，是陶渊明的出生地。陶渊明于晋孝武帝太元十八年(393)二十九岁时初仕，为江州祭酒。次年丧前妻，不久续娶，大约这时迁居上京，生母孟氏仍居旧宅。至晋安帝隆安五年(401)，孟氏卒，其间六年渊明做了几任小官，常往还于上京、栗里两居所之间，此即诗中所说"六载去还归"。他服母丧在家两年，亦多居栗里，与叔伯兄弟敬远从事农耕(参见《陶渊明集·癸卯十二月中与从弟敬远》)。此后八九年未回栗里。这几年时局尤为动荡，几次大的战乱就发生在浔阳一带，家乡面貌变化很大。晋安帝义熙七年(411)，作者四十七岁，从弟敬远亡故（仅活三十一岁），作者还旧居奔丧，写下了《祭从弟敬远文》（参见《陶渊明集》）和这首诗。此时渊明已迁南村，诗中说“畴昔家上京”显然将住在上京的时间分为前后两个阶段，“去还归”指初迁的六年；又说“常恐大化尽，气力不及衰”，说明作者写此诗时还没到五十岁。

这首诗写作者还旧居的所见所感，反映了当时农村的凋敝和战乱给人民造成的深重灾难。

畴昔家上京①，六载去还归②。
今日始复来，恻怆多所悲③。
阡陌不移旧④，邑屋或时非⑤。
履历周故居⑥，邻老罕复遗。
步步寻往迹⑦，有处特依依⑧。

---

① 畴昔：过去。畴，语助词，无义。家：家住。上京：山名，在栗里北约二十五里。 ② 去还归：去了又回，谓常来常往。 ③ 恻怆：形容心情悲伤。 ④ 阡陌：田间小路，这里指农田。 ⑤ 邑屋：村庄房舍。 ⑥ 履历：足经，走过。 ⑦ 步步：一步一步，犹言细细。往迹：往昔留下的痕迹。 ⑧ 有处：有的地方。特依依：特别引人思念。

流幻百年中①，寒暑日相推。
常恐大化尽②，气力不及衰③。
拨置且莫念④，一觞聊可挥⑤。

【翻译】

昔日家往上京时，
初迁六年常往返。
阔别多年还旧居，
不禁心中多伤感。
农田没改旧时貌，
村舍模样有变换。
绕着故居走一遭，
四邻老人多长眠。
细寻当年旧痕迹，
有些地方特依恋。
人生流动多变幻，
寒暑相催人心寒。
常恐生命忽终结，

---

① 流幻：流动变幻。百年：人的一生。 ② 大化尽：指死，这里大化指生命。 ③ 衰：《礼记·王制》说“五十始衰”。这里指始衰之年，即五十岁。 ④ 拨置：放在一边。 ⑤ 聊：姑且。挥：指饮酒干杯。

不到五十气力殚①。

抛开一边不多想，

姑且倾杯饮个干。

① 殚(dān 丹)：尽。

形影神三首并序

这是三首富有哲理的诗篇。形指肉体，影指人影，神指精神、灵魂。东晋时社会动乱，宗教神学泛滥。当时陶渊明的家乡庐山，是南方传播佛教的中心。住在庐山东林寺的著名僧人慧远，就是一个神不灭论的积极鼓吹者。他在元兴三年(404)作《形尽神不灭论》(见《弘明集》)，义熙九年(413)作《万佛影铭》(见《广弘明集》)，并在立铭时大肆张扬，宣扬人的精神可以离开形、影独立存在长存不灭，影响很大。这种理论劝人逆来顺受，善修来生，是十足的宗教迷信思想。陶渊明的这组诗，显然是针对慧远的谬论写的，当是义熙九年(413)或稍后的作品。

这组诗通过形、影、神三个富有生活气息的艺术形象和它们的生动对话，集中地反映了诗人对宇宙的见解，坚持了形神俱灭的唯物主义思想，是一篇向宗教神学反击的宣言书。必须指出，从序和形影神的对话中，我们也可以窥见诗人内心的苦闷和顺应自然的人生观。

贵贱贤愚，莫不营营以惜生①，斯甚惑焉。故极陈形影之苦，言神辨自然以释之②。好事君子③，共取其心焉④。

形赠影⑤

天地长不没，山川无改时⑥；
草木得常理⑦，霜露荣悴之⑧。

---

① 营营：来往不绝，指忙碌奔波，千方百计地谋划。② 释：排遣，解除。③ 君子：对人的尊称。④ 心：指精神实质。⑤ 此诗写形给影的赠言：天地、山川可以永存，草木枯悴可以再生，唯有人之形体必然死亡，消失无存。既然这样，不如及时饮酒取乐。⑥“天地”二句：谓天地山川永恒不变。实际上自然界无时无刻不在变化运动。⑦ 常理：常规。⑧ 荣悴之：使它荣悴。悴，落。之，指草木。

谓人最灵智，独复不如兹①。
适见在世中②，奄去靡归期③。
奚觉无一人④，亲识岂相思⑤？
但余平生物⑥，举目情凄洏⑦。
我无腾化术⑧，必尔不复疑⑨。
愿君取吾言，得酒莫苟辞⑩。

【翻译】

人们无论尊卑贵贱，也无论聪明愚笨，没有不煞费苦心地顾惜自己的生命的，这实在太糊涂了。所以，我在这里详尽地陈述“形”和“影”的苦衷，并通过“神”辨析自然的道理对它们进行排解。希望关心这件事的人们，共同从中得到启发。

天地永远不会毁灭，
山川没有改变的时辰。
草木随着自然变化也有永恒的规律，

---

① 如兹：如此，指像天地草木那样。 ② 适：刚才。 ③ 奄：遽然。靡：无。 ④ 奚：怎么。 ⑤ 岂：岂不。 ⑥ 平生物：指生前用过的物件。 ⑦ 洏(ér 儿)：泪流不止貌。 ⑧ 腾化术：修道成仙的法术。 ⑨ 必尔：必然如此，指死亡。 ⑩ 苟：随便。辞：推辞。

秋霜逼它枯萎凋落，春露又催它发芽繁盛。
虽说人为万灵之长，最富有聪明才智，
却反不如自然万物永世长生。
刚才还见他活在世上，
转眼逝去不再返回人间；
身边蓦然间少了一个人，
亲友们怎能不把他思念？
死者生前之物历历在目，
睹物伤情，不由得生者涕泪涟涟。
我没有升天成仙的法术，
对不可挽回的人生大限毫不怀疑。
愿您记取我的忠言，
有酒就喝，切莫轻易错过良机。

影答形①

存生不可言②，卫生每苦拙③；

---

① 此诗写影对形的回答：人的生命不能永存，神仙境界又不可企及，人一死形影俱灭；但是如果生前立善，还可给后代留下仁爱，这总比饮酒浇愁要强许多。 ② 不可：不足，不值得。 ③ 拙：愚笨，指无善计良策。

诚愿游昆华①，邈然兹道绝②。
与子相遇来③，未尝异悲悦④；
憩荫若暂乖，止日终不别。
此同既难常⑤，黯尔俱时灭⑥；
身没名亦尽，念之五情热⑦。
立善有遗爱⑧，胡为不自竭⑨？
酒云能消忧，方此讵不劣⑩！

【翻译】

长生不死根本莫作指望，
保养身体也常常苦于无计。
一心游访名山求仙学道，
而通往仙境的道路又渺茫不可企及。
自从和您相遇，
喜怒哀乐彼此未曾有过差异；

① 昆华：昆仑山和华山，传说都是神仙住的地方。 ② 邈然：远貌。 ③ 子：您，指形。 ④ “未尝”句：这里指照镜子，形笑影也笑，形哭影也哭。 ⑤ 既：犹将，将然之词。 ⑥ 黯尔：黯然，沮丧貌。 ⑦ 五情：指喜、怒、哀、乐、怨，这里泛指人的感情。 ⑧ 立善：古人把立德、立功、立言看作三种不朽的事，总称立善。遗爱：留给后代的仁惠。 ⑨ 胡为：为什么。 ⑩ 方：比较。讵：岂。

歇在树荫下你我似乎暂时分手，
站在阳光下咱俩终归紧随不离。
可惜这样的日子难以永远维持，
当死亡来临我们将同归于尽；
身死之后名声也随着悄悄逝去，
想到这些我抑制不住激动的感情。
立善将给后代留下仁爱，
为什么不在这方面大显身手竭力尽心？
喝酒虽说也能消忧解愁，
和立善相比又岂能算是高明！

神　释[①]

大钧无私力[②]，万物自森著[③]。人为三才中[④]，岂不以我故[⑤]！与君虽异物[⑥]，生而相依附。结托既喜同[⑦]，

---

① 此诗通过神，针对形和影赠答中所诉苦衷及不同观点进行排解：饮酒促人短寿，立善没人称誉，人终有一死，当顺应自然，任其发展，毋须多虑。 ② 大钧：宇宙，自然造化。无私力：造化之力没有偏爱。 ③ 森：繁盛貌。著：显示。④ 三才：指天、地、人。 ⑤ 以：因为。我：神自谓。 ⑥ 君：你们，指形和影。 ⑦ 结托：意谓生死相依。结，结交。托，依托。

安得不相语！三皇大圣人①，今复在何处？彭祖爱永年②，欲留不得住。老少同一死，贤愚无复数③。日醉或能忘，将非促龄具④？立善常所欣，谁当为汝誉⑤？甚念伤吾生⑥，正宜委运去⑦；纵浪大化中⑧，不喜亦不惧。应尽便须尽，无复独多虑⑨！

【翻译】

大自然的造化之力无偏无颇，
哺育着自然生长的宇宙万物。
人同天地之所以并称三才，
难道不是因为有了我的缘故！
我与你们虽然是不同的东西，
但是一生下来我们就互相依附。
既然融于一体有着共同的命运，
怎么能不互相告诫而推心置腹！

---

① 三皇：传说中的三个古代帝王，指伏羲、神农、黄帝。黄帝一说当为燧人。 ② 彭祖：传说为古代颛顼（zhuān xū 专须）帝的玄孙，姓篯（jiān 肩）名铿，常食桂芝，善导引行气，生于夏代，至殷末活了八百多岁，因此，旧时把他作为长寿的象征。见刘向《列仙传》、葛洪《神仙传》。 ③ 复数：再生的命数。④ 将非：岂非。 ⑤ 当：会，该。 ⑥ 伤：损害。吾：神自谓。⑦ 委运：托付于自然变化。 ⑧ 纵浪：放浪。大化：宇宙，自然。 ⑨ 无：同"毋"。

上古时代的三皇可谓大圣人，
他们今天又在何处？
彭祖热心于长生不老，
想永远留在世上毕竟也还是留不住。
无论长寿短命，总归同是一死，
无论贤者愚人都没有再生的命数。
终日醉饮也许能忘记死神的降临，
难道说酒不正是促人短寿之物？
勉力立善固然令人欣羡，
如今善恶不辨，死后有谁会把你赞誉？
考虑过多会损伤我的生命，
正应该委身于自然的迁化随之而去；
让形迹在这宇宙中自由放浪，
无拘无束，无忧无虑。
生命走到尽头就让它自然了结，
不要再为这苦苦哀愁白费心绪。

和刘柴桑

刘程之，字仲思，曾做过柴桑令，故称之刘柴桑；入宋后不仕，隐居庐山西林，人又称之刘遗民。时刘遗民、周续之与陶渊明合称“浔阳三隐”。刘遗民是白莲社十八贤之一，劝陶渊明隐居庐山。渊明写这首和诗表示谢绝。诗里写自己归田后逐渐与世隔膜，躬耕足以自给，饮酒聊可自慰，已经满足，别无他求。这首诗写在白莲社结社期间，即晋安帝义熙十年（414），陶渊明时年五十岁。

山泽久见招[①]，胡事乃踌躇[②]？直为亲旧故[③]，未忍言索居[④]。良辰入奇怀，挈杖还西庐[⑤]。荒涂无归人[⑥]，时时见废墟。茅茨已就治[⑦]，新畴复应畬[⑧]。谷风转凄薄[⑨]，春醪解饥劬[⑩]。弱女虽非男[⑪]，慰情良胜无[⑫]。栖栖世中事，岁月共相疏[⑬]。耕织称其用[⑭]，过此奚所须？去去百年外[⑮]，身名同翳如[⑯]！

【翻译】

很久以前你招唤我归隐山泽，

我为什么踌躇不前？

只因为舍不得离开亲友，

所以不忍心独居一边。

美好的天气使人心怀开朗，

---

① "山泽"句：指刘遗民劝作者隐居庐山，山泽指隐居之处。② 胡事：什么缘故。乃：竟。③ 直：只。④ 索居：独居。⑤ "挈杖"句：西庐指渊明旧居，离西林不远，他不参加白莲社，但时时往返于庐山南村之间。⑥ 涂：同"途"。⑦ 茅茨：茅屋。治：治理，修整。⑧ 新畴：新田。畬（yú 余）：第三年理新田叫畬。⑨ 谷风：东风。⑩ 春醪（láo 牢）：春酒。劬（qú 渠）：劳苦。⑪ 弱女：比喻薄酒。⑫ 良：确实。⑬ "栖栖（xì 西）"二句：意谓随着岁月的推移，世间事与我日渐疏远。栖栖：忙碌不安貌。⑭ 称：相当。⑮ 去去：指时光的流逝。百年：人的一生。⑯ 翳（yī 意）如：泯没不存。

我拿起手杖向西庐归返。
野草埋没了荒僻的道路，
到处是废墟看不见人烟。
我用茅草盖屋把住处整理就绪，
又着手修阡陌治理新田。
东风劲吹，天气日渐寒冷，
喝碗春酒解除饥乏使精神舒展。
薄酒虽然不及佳酿，
但解除饥乏聊胜于一滴不沾。
急遽奔竞的人间世事，
年深日久愈来愈和我隔膜无缘。
耕田织布只解决衣食所需，
过多的积蓄又岂是我之素愿？
人生百年间匆匆过去，
身与名一同泯灭，又何必为身外之物挂牵！

杂　诗（八首选三）

《陶渊明集》中共有杂诗十二首，其中有八首多嗟老伤时，感叹壮志未酬，当为晚年同一时期的作品，是为一组。其第六首写道："昔闻长者言，掩耳每不喜；奈何五十年，忽已亲此事。"这里的"五十年"虽不一定是确数，但作者写这八首诗的时候，不会距五十岁很远。作者在诗中感叹岁月催人老，须及时行乐，但他在寻求自我解脱的时候，回忆昔日的壮志，生性不泯，通过"我愿不知老"（第四首）、"及时当勉励"（第一首）等诗句，表达了他勤自警勉，保持晚节的高尚情趣。

其　一①

人生无根蒂②，飘如陌上尘③。
分散逐风转，此已非常身。
落地为兄弟④，何必骨肉亲！
得欢当作乐，斗酒聚比邻⑤。
盛年不重来⑥，一日难再晨。
及时当勉励，岁月不待人。

【翻译】

人生在世本无根，
东飘西荡如轻尘。
四处分散随风转，
转眼已非壮健身。
我视世人如兄弟，

---

① 此诗原列第一首。作者感叹人生无常，光阴易逝，但逢知己当及时行乐。“落地为兄弟，何必骨肉亲”反映了作者对当时森严的门阀制度和腐败的社会风气的憎恶情绪。② 根蒂（dì 帝）：草木之根和蒂，这里喻指依托。蒂，花、果实与枝茎连结处。③ 陌：指道路。④ 落地：一脱娘胎，一生下来。⑤ 斗酒：杯酒。比（bì 必）邻：近邻。⑥ 盛年：壮年。

何必骨肉才相亲!
人逢喜事应作乐,
有酒不妨邀近邻。
壮年易过不再来,
一天没有两早晨。
抓紧时间当自励,
岁月从来不等人。

其　二①

白日沦西阿②,素月出东岭③;
遥遥万里辉,荡荡空中景④。
风来入房户⑤,夜中枕席冷;
气变悟时易⑥,不眠知夕永⑦。
欲言无余和⑧,挥杯劝孤影。
日月掷人去⑨,有志不获骋⑩;

---

① 此诗原列第二首。它抒发了作者壮志未酬的悲哀及压抑孤寂的苦闷心情。 ② 沦:沉,落。西阿(ē 婀):西山。 ③ 素:白,皎洁。 ④ 荡荡:广阔貌。景:同“影”。 ⑤ 户:门。 ⑥ 悟:意识到。 ⑦ 永:长久。 ⑧ 无余和(hè 贺):即无和余。和,这里指交谈。 ⑨ 掷:抛弃。 ⑩ 骋:驰骋,施展。

念此怀悲凄，终晓不能静①。

【翻译】

太阳落到西山下，
明月升上东山头。
长天万里洒清辉，
辽阔夜空一眼收。
冷风穿房又入户，
夜深枕席凉飕飕。
风凉才知季节变，
不眠更觉秋夜悠。
无人伴我诉衷曲，
独顾孤影倾杯酒。
时光荏苒弃人去，
虽有壮志志难酬。
满腔抑郁心绪乱，
通宵达旦不胜愁。

① 终晓：彻夜，直到天明。

其　三①

代耕本非望②，所业在田桑③。
躬亲未曾替④，寒馁常糟糠⑤。
岂期过满腹⑥，但愿饱粳粮⑦；
御冬足大布，粗絺以应阳⑧。
正尔不能得，哀哉亦可伤！
人皆尽获宜，拙生失其方⑨。
理也可奈何⑩，且为陶一觞⑪！

【翻译】

做官食禄非我愿，
种田织布是本行。
一生辛劳勤耕作，

---

① 这首诗原列第八首。作者抒发了努力耕种却常常挨饿受冻的愤慨和不平。 ② 代耕：以官俸代替种田的收入。指当官食禄。 ③ 所业：从事的。田桑：种田养蚕，指农事。 ④ 躬亲：亲自操劳。替：废，停止。 ⑤ 糟糠：酒渣和谷糠，指粗劣的食物。 ⑥ 过满腹：吃得过饱。 ⑦ 粳（jīng京）：粳稻。 ⑧ 絺（chī痴）：葛布。应阳：适应炎热的夏天。 ⑨ 拙：自谦之称。 ⑩“理也”句：意谓世道如此，虽于理不通，也无不奈何。理：指正理。 ⑪ 陶：快乐，这里指痛饮。

终年挨饿吃糟糠。
岂敢饭食存奢望，
但求粳米充饥肠；
御寒冬日有粗布，
入夏葛布作衣裳。
即便如此也无望，
委实令人心悲伤。
却看他人皆得所，
自叹谋生太无方。
世道如此没奈何，
不如酣饮尽一觞！

丙辰岁八月中于下潠田舍获

丙辰岁是晋安帝义熙十二年(416),陶渊明五十二岁。下潠(xùn 训)田指低洼淤水的田,即诗中所说的“东林隈”。舍是指田间临时用作休息、护秋的棚屋。诗中写收获在即的喜悦,表现了作者坚持隐居躬耕十二个春秋的自豪和适意心情。

贫居依稼穑①,戮力东林隈②。不言春作苦,常恐负

① 稼穑(sè 色):指农业劳动。稼是耕种,穑是收获。

② 戮(lù 路)力:尽力。东林:地名。隈(wēi 威):山的拐角或水湾。

所怀①。司田眷有秋②，寄声与我谐③。饥者欢初饱④，束带候鸣鸡。扬楫越平湖⑤，泛随清壑回⑥。郁郁荒山里⑦，猿声闲且哀；悲风爱静夜，林鸟喜晨开⑧。曰余作此来⑨，三四星火颓⑩；姿年逝已老⑪，其事未云乖⑫。遥谢荷蓧翁⑬，聊得从君栖⑭。

【翻译】

贫苦的生活要靠劳动维持，

我勤耕苦作在东林的水湾。

---

① 怀：怀抱，心愿。这里指归田躬耕。 ② 司田：管农事的官。眷：眷念，关心。有秋：指收成，语出《尚书·盘庚》。③ 寄声：托人捎口信。谐：合。 ④ 饥者：作者自谓，因缺粮常不能饱餐。初饱：指早饭，收获活重才吃得饱一点。 ⑤ 扬楫(jí 及)：举桨，指划船。 ⑥ 泛：船在水中漂行叫泛。 ⑦ 郁郁：草木盛貌。 ⑧ 晨开：指晨光入林，林中雾气渐开的时候。⑨ 曰：语助词，无义。此：指收割，泛指稼穑。 ⑩“三四”句：指过了十二年。星火，即火星，又称“大火”。每年农历七月以后，大火星开始向下西倾，这样反复了三四一十二次。⑪ 姿年：指青壮年。 ⑫ 云：语助词，无义。乖：违背。 ⑬ 谢：告，问。荷蓧(hè diào 贺吊)翁：春秋时躬耕自食的隐者。《论语·微子》载，孔子的学生子路和孔子走散，在路上遇到一位用木杖担着竹制农具的老人(即荷蓧翁)，问他见到夫子没有。老人讥讽道：四体不勤，五谷不分，谁是你的夫子！蓧，古代除草用的竹制农具。 ⑭ 聊：略，姑且。君：指荷蓧翁。

春耕虽累不在话下，
唯恐辜负初衷不敢稍有懈怠。
农官也关注年成好坏，
捎口信劝勤勉正合我心怀。
我起个大早愉快地吃罢一顿饱饭，
装束好等候着报晓的鸡鸣。
划着船我越过广阔的湖面，
又顺着清彻的谷涧迂回前行。
在林木茂密的深山荒野，
阵阵猿啼悠缓而凄清；
凄厉的风爱好在静夜里呼啸，
林中的鸟喜欢在晨光中飞鸣。
从我初次亲自动手收割，
到如今匆匆地过去了一十二岁；
壮年早就逝去，老年已经到来，
躬耕不止没有过丝毫违背。
我向荷蓧老人遥遥致意，
姑且算跟上您隐居到底。

赠羊长史并序

晋安帝义熙十三年(417),刘裕伐后秦,破长安,驻军关中。左将军朱石龄(即序中之“左军”)派长史(将军的属官,主持幕府)羊松龄赴关中称贺。陶渊明写这首诗赠给他,时年五十三岁。

陶渊明希望国家统一,向往了却游历中原的夙愿。如今“九域甫已一”,全诗没有一句应景称贺的话,却反复抒发对上古盛世和古代先贤的思念仰慕之情,反映了他对动乱的现实仍然忧心忡忡,而抱定终生不仕的决心。

左军羊长史衔使秦川①，作此与之。

愚生三季后②，慨然念黄虞③。得知千载上，正赖古人书④。圣贤留余迹，事事在中都⑤；岂忘游心目⑥，关河不可逾⑦。九域甫已一⑧，逝将理舟舆⑨。闻君当先迈⑩，负疴不获俱⑪。路若经商山⑫，为我少踌躇⑬；多谢绮与角⑭，精爽今何如⑮？紫芝谁复采⑯，深谷久应芜；驷

---

① 衔使：奉命出使。秦川：指关中一带。② 愚：自谦之称。三季：称夏商周三代。③ 黄虞：黄帝和虞舜，泛指上古贤明的帝王。这里指上古之治世。④ 赖：依靠，凭借。⑤ 中都：中州，指黄河流域的中原地区，因历代都城建立在这一带，故称。⑥ 游心目：心想眼望。⑦ 逾（yú 愉）：越过。⑧ 九域：九州，即天下。甫：开始。一：统一。⑨ 逝：语助词，无义。⑩ 迈：迈步，行。⑪ 疴（kē 苛）：病。俱（jū 居）：共同，一起。⑫ 商山：在今陕西商州东南。⑬ 踌躇（chóu chú 愁除）：停留。⑭ 谢：告，问。绮与角（lù 路）：指绮里季和角里先生。他们同夏黄公、东园公为避秦朝乱政隐居商山，汉初都有八十多岁，被称为“商山四皓”。见《高士传》。⑮“精爽”句：意谓请代向四皓询问，自己的精爽比之他们如何？即是否算得上继承了他们的精神。精爽：精神气魄，这里指隐居守志。⑯ 紫芝：即灵芝，菌类。传说四皓隐居采其充饥。

马无贳患①,贫贱有交娱。清谣结心曲②,人乖运见疏③。
拥怀累代下④,言尽意不舒⑤。

【翻译】

左将军长史羊松龄奉命出使秦川,我写这首诗送给他。

我生在夏商周以后的这个时代,
不无感慨地把上古的盛世思慕。
我得知千年以前发生的事情,
完全凭借古书对历史的记述。
古圣贤们留下的遗迹,
桩桩件件都在中原一带古都;
我从未忘怀到那里游览,
无奈战乱使关山阻隔而不可逾越。

---

①"驷马"二句:《高士传》载绮里季等作《四皓歌》,其中有"驷马高盖,其忧甚大。富贵之畏人兮,不如贫贱之肆志",意谓富贵有忧患,不如贫贱为乐。此化用其意。驷马:由四匹马拉的车,富贵者所乘,此代指做官。贳(shì 市):远离,免除。 ② 清谣:指《四皓歌》。心曲:内心深处。 ③ 见:被。 ④ 拥怀:怀抱感慨。累代:历代。指前述黄虞、三季后的千年。 ⑤ 舒:舒展。

如今天下初步统一，
我正整治舟车准备上路；
听说您即将北去先我而行，
可惜我病魔缠身不能与您同去。
您如果从商山路过，
请为我稍稍停车留步；
代我向四皓的英灵多多致意，
问问我可算得上继承他们守志隐居？
在他们之后谁还会采菌度日，
那幽深的山谷只怕早已荒芜；
惟有“功名富贵势必招来忧患，
不如贫贱倒赢得无尽乐趣”的余音留传千古。
《四皓歌》在我内心深处产生共鸣，
偏偏我时运不济，圣贤的遗迹不能亲眼目睹。
在千载以后我空怀无限感慨，
对您的话已说尽，心意却远没有畅达宽舒。

怨诗楚调示庞主簿邓治中

汉乐府《楚调曲》有《怨诗行》，这首诗仿其体而作。主簿、治中皆官名。庞主簿，名遵，字通之；邓治中，名字生平不详。陶渊明与二人相知，赠诗以表心迹。诗中说“僶俛六九年”，可知为五十四岁所作，时晋安帝义熙十四年(418)。

作者认为农耕是衣食保证，躬耕是善良行为，但是力耕行善得到的却是家庭破败、饥寒交迫。这并非勤劳不够，也不关鬼神天道因果报应。生活本身证明，念善未必得好报，耕作反致饥寒。作者在穷困潦倒之际，既慨叹世无知音，又表示不怨天尤人。这首诗就是这样表达了他孤独的心情，也显示他守志不移的决心。

天道幽且远[1]，鬼神茫昧然[2]。结发念善事[3]，僶俛六九年[4]。弱冠逢世阻[5]，始室丧其偏[6]；炎火屡焚如[7]，螟蜮恣中田[8]。风雨纵横至，收敛不盈廛[9]。夏日长抱饥，寒夜无被眠。造夕思鸡鸣[10]，及晨愿乌迁[11]。在己何怨天，离忧凄目前[12]。吁嗟身后名[13]，于我若浮烟。慷慨独悲歌，钟期信为贤[14]。

---

① 天道：古代哲学名词，指主宰人类命运的上天意志。幽：深，玄虚。 ② 茫昧然：渺茫不可捉摸。 ③ 结发：古时男子二十岁行冠礼，开始束发，标志成年。 ④ 僶俛（mǐn miǎn 敏免）：勉力。 ⑤ 弱冠：意同“束发”，作者二十岁是晋太元九年(384)，前秦南侵，江西一带又遭灾荒。 ⑥ 始室：指三十岁，语出《论语·内则》。丧其偏。丧偶。作者在晋太元十九年(394)三十岁时丧前妻。 ⑦“炎火”句：指大旱。炎火：夏天赤日炎炎。焚如：火烧似的。如为动词词尾，无义。 ⑧ 螟蜮：泛指虫害。古称吃禾茎髓的叫螟，吃禾叶的叫蜮。恣：恣意。 ⑨“收敛”句：意谓收获不足以养家。廛（chán 缠）：古时一个成年男子可占的房地面积(约二亩半)。也引申作收获量名。 ⑩ 造：到。 ⑪ 乌：指太阳。传说太阳中有三足乌。 ⑫ 离：同“罹”，遭受。 ⑬ 吁嗟（xū jiē 须阶）：叹词。 ⑭ 钟期：即钟子期。古代俞伯牙善弹琴，钟子期最能欣赏，子期死后，伯牙因世上无知音，就毁琴折弦不再弹琴。这里用以比拟庞、邓二人。信：诚然，真是。

【翻译】

天道幽远不可测，
鬼神渺茫不可凭。
自以成年勉行善，
五十四载竭精诚。
年方弱冠遭世乱，
结婚不久丧新人；
大旱如火烧庄稼，
田间虫害损农耕。
雨横风狂来势猛，
收成不足常苦贫。
夏天吃不饱，
冬天缺褥茵；
寒夜冷冻盼天亮，
日长饥饿盼天暝。
饥寒由命不怨天，
遭逢忧患暗伤神。
死后声名亦可叹，
对我好比烟云轻。
慷慨悲歌歌一曲，
君是钟期定知音。

咏贫士(七首选二)

《咏贫士》共七首。第一首泛咏贫士,借以自喻;第二首自咏;其后五首分咏古代著名的贫士安贫守志,以抒发自己不慕名利的情怀。这组诗是陶渊明在宋武帝永初元年(420)五十六岁时写的。这里选了其中前两首。

其　一①

万族各有托，孤云独无依；
暧暧空中灭②，何时见余晖③？
朝霞开宿雾④，众鸟相与飞；
迟迟出林翮⑤，未夕复来归。
量力守故辙⑥，岂不寒与饥？
知音苟不存⑦，已矣何所悲⑧！

【翻译】

自然界的万物各有依靠，
只有孤云一片无靠无依。
它在高空中暗然消逝，
什么时候才能再见到它的光辉？
灿烂的朝霞驱散了夜雾，

---

① 此诗原列第一首。当时，刘宋取代了晋朝。作者在诗中以众鸟隐喻趋附新朝的群僚，以无依无靠的孤云和迟出早归的孤鸟自喻固穷守志。其中有对本朝沦亡的叹惋，也有守志不阿的高洁志趣。② 暧暧：昏暗貌。③ 余晖：指孤云残留的光影。④ 宿雾：夜雾。⑤ 翮（hé 核）：鸟翅，这里借代鸟。⑥ 故辙：旧路。⑦ 苟：如果。⑧ 已矣：犹算了吧。

成群的鸟儿结伴齐飞。
其中一只鸟迟迟地飞出森林，
天还没黑又独自飞回。
衡量自己的能力只能走贫贱的老路，
忍饥受寒自然也无须后悔。
世界上如果没有知音存在，
与仕途决绝算了不必伤悲。

其　二[①]

凄厉岁云暮[②]，拥褐曝前轩[③]；
南圃无遗秀[④]，枯条盈北园。
倾壶绝余沥[⑤]，窥灶不见烟；
《诗》《书》塞座外[⑥]，日昃不遑研[⑦]。

---

① 此诗原列第二首。诗人写自己衣单身寒、断酒绝粮的生活窘况，哀怨之情溢于言表。末二句写从古代贫士那里找到慰藉，表示要坚定地固穷守节，并引出下面分咏古代著名贫士的五首诗。 ② 云：语助词，无义。 ③ 曝（pù 铺）：晒。前轩：堂前屋下的平台。 ④ 南圃：犹南亩，指农田。秀：穗。 ⑤ 余沥（lì 力）：剩酒。 ⑥ 诗书：指《诗经》、《尚书》，这里泛指儒家经典。 ⑦ 昃（zè 仄）：太阳偏西。遑：闲暇。

闲居非陈厄，窃有愠见言①。
何以慰吾怀？赖古多此贤。

【翻译】

寒风刺骨已经到了年冬，
我紧裹粗布衣晒太阳在那堂前的台沿。
田地里没有留下一株稻穗，
败叶枯枝布满了后园。
倒倾酒壶不见一滴剩酒，
看看灶口也早已断了炊烟；
把《诗经》、《尚书》统统搁到一边，
时过正午腹内空空顾不上读书钻研。
我闲居挨饿虽不能和孔子在陈国断粮相比，
却也免不了发发牢骚说几句怨言。
用什么安慰我清苦的怀抱？
多亏古书中那许多清贫守志的先贤。

---

① “闲居”二句：孔子为实现自己的政治理想，四处奔波，一次被困陈国，绝粮。他的学生子路埋怨他自找苦吃。见《论语·卫灵公》。厄：困穷。窃：谦指自己的意见。愠：怨恨。

拟　古(九首选六)

《拟古》诗共九首,多为感讽时事而作。最后一首写道:“种桑长江边,三年望当采。枝叶始欲茂,时值山河改。”其寓意明显。刘裕幽晋安帝而立恭帝在义熙十四年(418),至元熙二年(420)逼恭帝让位自立,以宋易晋,改元永初,前后正好跨三个年头。从这组诗的内容看,或感叹晋恭帝托人不当,山河易改;或感慨士人趋附新政,世态炎凉;或追慕古人节义,重申不仕的决心。因此这组诗和《咏贫士》当写在同一时期。这里选了其中六首。

其　一①

荣荣窗下兰，密密堂前柳②。初与君别时③，不谓行当久。出门万里客，中道逢嘉友④。未言心先醉，不在接杯酒⑤。兰枯柳亦衰，遂令此言负⑥。多谢诸少年⑦：相知不忠厚，意气倾人命，离隔复何有⑧！

【翻译】

郁郁葱葱窗下的兰，
密密丛丛堂前的柳。
当初和你依依惜别，
没听你说要去很久。

---

① 此诗原列第一首。作者借对负约未归的远行游子的怨恨，抒发对当时一些轻易初心、不守信义的人的不满。②“荣荣”二句：写别时所见庭前景物，引以起兴。兰取其贞洁，柳取其惜别。荣荣：繁盛貌。 ③ 君：指出门的朋友。④ 中道：中途。嘉友：好友。 ⑤“未言”二句：是说未经短暂交谈便一见倾心，意谓交友轻率。心醉：犹倾心。接：交接，接触。 ⑥ 此言：指离别时的诺言。负：背弃。 ⑦ 谢：告诉。后三句为诗人语。 ⑧“意气”二句：谓意气相投即使丧命也在所不惜，哪还有离别即变心的事情发生。倾人命：犹言送命。倾：覆亡。何有：有何难。

你出门就远游他乡，
半路上结识了好朋友。
你们一见倾心如痴如醉，
毋需杯酒言欢真情交流。
兰枯柳衰光阴渐逝，
不久重逢的诺言你全抛脑后。
我谆谆告诫少年朋友：
这样的友情太不忠厚，
朋友的意气相投彼此且可牺牲性命，
短暂的离别又何难之有！

其　二①

辞家夙严驾②，当往至无终③。
问君今何行④，非商复非戎。
闻有田子泰⑤，节义为士雄。

---

① 此诗原列第二首。作者托言远访高士田子泰故乡，表示敬慕节义之士，同时讽刺当时士人不顾节义，追逐名利的行为。② 夙：早。严：急。③ 无终：古县名，在今天津蓟县。④ 君：作者自谓。⑤ 田子泰：名畴，子泰是他的字，东汉无终人，为人重节义，不出仕，晚年隐居徐无山，随附者众，遂定法规，办学校，于是地方大治。见《三国志·魏书·田畴传》。

斯人久已死①，乡里习其风。
生有高士名，既没传无穷②。
不学狂驰子③，直在百年中④。

【翻译】

早起驾车出远门，
朝北远去无终县。
若问此行做什么，
不从军，不经商，不为名和钱。
听说有个田子泰，
有信义，有气节，士林英名显。
虽然此人早已死，
乡里遗风总不减。
我羡慕他生前世上扬美名，
我羡慕他死后节义传久远。
不学那帮“狂驰子”，逐利又求荣，
生前名噪死无闻，犹如昙花现。

---

① 斯人：此人，指田子泰。 ② 既没：已死。 ③ 狂驰子：指趋炎附势，争名逐利的人。 ④ 直：只，仅。百年：指人的一生。

其　三①

仲春遘时雨②，始雷发东隅③。
众蛰各潜骇④，草木纵横舒。
翩翩新来燕⑤，双双入我庐。
先巢故尚在⑥，相将还旧居⑦。
“自从分别来，门庭日荒芜；
我心固匪石⑧，君情定何如⑨？”

【翻译】

二月喜逢及时雨，
春雷滚响东边天。
冬眠动物都惊醒，

---

① 此诗原列第三首。作者写归来的春燕对旧巢怀有深厚的感情，并借燕子的问语，表达了他隐居不仕的决心。② 仲春：指农历二月。遘：逢。 ③ 东隅：东边。古人以东方为春。 ④ 蛰：动物冬眠。这里指冬眠的动物。潜：藏。骇：惊。 ⑤ 翩翩：轻飞貌。 ⑥ 先巢：故巢，旧巢。故：仍旧。⑦ 相将：相偕。 ⑧“我心”句：《诗·邶风·柏舟》载：“我心匪石，不可转也。”是说我的心并非石头，是不可转动的。意谓信念坚定，不可动摇。匪：非。 ⑨ 君：指作者。“自从”后四句作燕语，作者借燕语以抒己志。

草木发芽枝叶展。
燕子轻飞新近回，
成对进我屋里面。
旧巢完好依然在，
结伴而还把家安。
燕子问:“自从年前分别来，
眼见门庭渐荒残；
我恋旧栖心不变，
您常居家情可坚?”

其　四[①]

日暮天无云，春风扇微和[②]。
佳人美清夜[③]，达曙酣且歌[④]。
歌竟长叹息[⑤]，持此感人多[⑥]。
皎皎云间月[⑦]，灼灼叶中华[⑧]。
岂无一时好，不久当如何。

---

① 此诗原列第七首。这首诗慨叹青春易逝，好景不长。很可能是为晋恭帝在位仅短短三年被迫让位而发。 ② 扇：吹，用作动词。 ③ 美：喜爱。 ④ 达曙：通宵达旦。 ⑤ 竟：毕，尽。 ⑥ 此：指上述宴乐之事。 ⑦ 皎皎：光明貌。 ⑧ 灼灼：鲜明光耀貌。华：同“花”。

【翻译】

入夜晴空万里无云，
春风习习吹送温馨。
美人爱这清朗之夜，
畅饮欢歌直到天明。
曲终兴尽长声叹息，
万般感慨此情此景。
云间明月皎洁如盘，
绿叶丛中繁花似锦。
纵使今宵月圆花好，
好景不长令人揪心。

其　五①

少时壮且厉，抚剑独行游。
谁言行游近？张掖至幽州②。

① 此诗原列第八首。作者在诗中虚拟少壮远游，遍寻而不得知己，讽刺当时世风丧败，慨叹没有人了解自己。
② 张掖：郡名，治所在今甘肃张掖西北。幽州：在今河北东北部，晋时州治在今河北涿县。

饥食首阳薇，渴饮易水流①。
不见相知人，惟见古时丘②。
路边两高坟，伯牙与庄周③。
此士难再得④，吾行欲何求。

【翻译】

年青时我体魄健壮性情刚烈，
为寻知己独自仗剑四方遨游。
我走过的路程漫长而辽阔，
从张掖直到幽州。
饿了，采几丛夷、齐吃过的野菜充饥，
渴了，掬一捧送别荆轲的易水润喉。
苦寻觅没有遇到半个活着的知己，
我所仰慕的古人一个个早进荒丘。

---

①“饥食”二句：作者用伯夷、叔齐和荆轲的故事表达对古代节义之士的追慕。《史记·伯夷列传》载：伯夷、叔齐在商亡后不食周粟，隐居首阳山，靠一种叫薇的野菜充饥，最后饿死。古人多以为义举。荆轲故事参见本书《咏荆轲》诗及提示。②丘：坟墓。③伯牙：俞伯牙。参见《怨诗楚调示庞主薄邓治中》诗“钟期”注。庄周：即庄子。《淮南子·修务训》载：庄周善辩，惠施知音。惠施死后，庄周不再发议论。④“此士”句：此士指伯牙、庄周。是说自己善知音，却无可听之言，意谓没有知己。

曾见过路边有两座高坟，
那里埋葬着琴师伯牙辩士庄周。
如今世上已没有知音的人，
我毋须再枉自奔走四处寻求。

其　六①

种桑长江边，三年望当采②。
枝条始欲茂，忽值山河改。
柯叶自摧折，根株浮沧海③。
春蚕既无食，寒衣欲谁待④？
本不植高原⑤，今日复何悔！

【翻译】

种桑种在长江边，
指望三年把叶采。
正当枝叶刚繁茂，
江水横溢山河改。

---

① 此诗原列第九首。这首诗以桑喻晋，恭帝托身刘裕，犹桑种长江边，植根不固，以致沦丧，咎由自取。 ②“三年”句：桑树三年成熟，叶方可喂蚕。 ③ 沧海：大海，此指东海。 ④ 谁待：即“待谁”。 ⑤ 本：根。植：种。

别说枝叶尽摧折，
连根带干飘东海。
无桑春蚕怎作茧，
没茧冬衣从哪来？
根不扎在高原上，
时至今日有何悔！

桃花源记并诗

这篇作品是陶渊明晚年所作，大约与《拟古》诗写在同一时期。这时陶渊明弃官乡居已经十多年，他在作品里描绘了一幅没有战乱、没有剥削、人人劳动、平等自由以及社会风气淳厚、人际关系友好和睦的农村乐园的生活图景，通过它来表现自己的社会理想，同时也表达对混乱的现实社会的不满和否定。根据历史文献的记载，在混乱的魏、晋三百余年间，确有许多劳动人民避乱入山，可见作者描写的理想境界，是有现实生活依据的。作者写桃花源的情形真切动人，这与他长期生活在农村劳动人民中间有密切关系。《桃花源记并诗》是陶渊明的重要作品，在中国古典文学中有很高的地位。

晋太元中①，武陵人捕鱼为业②。缘溪行，忘路之远近。忽逢桃花林，夹岸数百步，中无杂树，芳草鲜美，落英缤纷③。渔人甚异之，复前行，欲穷其林④。

林尽水源，便得一山。山有小口，仿佛若有光。便舍船⑤，从口入。初极狭，才通人。复行数十步，豁然开朗⑥。土地平旷，屋舍俨然⑦。有良田美池桑竹之属。阡陌交通⑧，鸡犬相闻。其中往来种作，男女衣著，悉如外人⑨。黄发垂髫⑩，并怡然自乐⑪。

见渔人，乃大惊，问所从来，具答之。便要还家⑫，设酒杀鸡作食。村中闻有此人，咸来问讯⑬。自云先世避秦时乱⑭，率妻子邑人来此绝境⑮，不复

---

① 太元：东晋孝武帝（司马曜）年号（376—396）。② 武陵：郡名，郡治在今湖南常德。③ 落英：落花。④ 穷：尽，走完。⑤ 舍：离开。⑥ 豁然：开阔貌。⑦ 俨（yǎn 演）然：整齐貌。⑧ 阡陌（qiān mò 千莫）：田间的小路。南北方向称阡，东西方向叫陌。交通：纵横交错。⑨ 悉：都。⑩ 黄发：指老人。年岁大了头发白后转黄。垂髫（tiáo 条）：指儿童。古代儿童头上下垂的短发称髫。⑪ 并：都。怡然：愉悦貌。⑫ 要（yāo 妖）：同“邀”。⑬ 咸：都。⑭ 自云：指桃源人自己说。⑮ 邑人：同乡人。

出焉，遂与外人间隔[1]。问今是何世，乃不知有汉[2]，无论魏、晋[3]。此人一一为具言所闻[4]，皆叹惋。余人各复延至其家[5]，皆出酒食。停数日，辞去。此中人语云[6]："不足为外人道也[7]。"

既出，得其船，便扶向路[8]，处处志之[9]。及郡下[10]，诣太守说如此[11]。太守即遣人随其往，寻向所志[12]，遂迷不复得路[13]。

南阳刘子骥[14]，高尚士也，闻之，欣然规往[15]。未果[16]，寻病终[17]。后遂无问津者[18]。

嬴氏乱天纪[19]，贤者避其世。黄绮之商山[20]，伊人亦

---

① 间隔：隔离而断绝往来。② 乃：却，竟然。③ 无论：更不用说。④ 为(wèi 慰)：给。具言：完备陈述。⑤ 延：引进，请。⑥ 语(yù 玉)：告诉。⑦ 不足：不宜，不必。道：说。⑧ 扶：沿着。向路：原路。⑨ 志：标记。⑩ 及：到。郡下：郡城里。⑪ 诣(yì 艺)：往，拜见。太守：郡的行政长官。⑫ 向：原先。⑬ 遂：竟然。⑭ 南阳：郡名，郡治在今河南省南阳市。刘子骥：名骥之，子骥是他的字。高尚不仕，好游山水。参见《晋书·刘骥之传》。⑮ 规：计划。⑯ 果：实现。⑰ 寻：不久。终：指死。⑱ 问津：问路。这里谓访求，探寻。参见《癸卯岁始春怀古田舍诗》"行者"句注。⑲ 嬴氏：指秦始皇，姓嬴名政。⑳ 黄绮：指夏黄公和绮里季。参见《赠羊长史》"绮与角"注。

云逝①。往迹浸复湮②，来径遂芜废③。相命肆农耕④，日入从所憩⑤。桑竹垂馀荫，菽稷随时艺⑥。春蚕收长丝，秋熟靡王税⑦。荒路暧交通⑧，鸡犬互鸣吠。俎豆犹古法⑨，衣裳无新制⑩。童孺纵行歌⑪，斑白欢游诣⑫。草荣识节和⑬，木衰知风厉⑭。虽无纪历志⑮，四时自成岁。怡然有余乐⑯，于何劳智慧⑰？奇踪隐五百⑱，一朝敞神界。淳薄既异源，旋复还幽蔽⑲。借问游方士⑳，焉测尘嚣外㉑？愿言蹑轻风㉒，高举寻吾契㉓。

---

① 伊人：指最初来到桃花源的人。云：语助词。 ② 浸：逐渐。湮（yān 淹）：淹没。 ③ 径：路。 ④ 相命：互相招呼。肆：尽力。 ⑤ 从：听任。憩（qì 气）：息。 ⑥ 菽稷（jì 记）：泛指五谷粮食。菽，豆类的总称。稷，高粱。一说谷子。时：季节。艺：种植。 ⑦ 靡（mí 迷）：没有。 ⑧ 暧：昏暗不明。这里是遮蔽阻碍的意思。交通：往来，行走。 ⑨ 俎（zǔ 组）豆：古代祭祀的礼器。俎用来载牲，豆用来盛食物。这里指祭祀的仪式。犹：仍然。 ⑩ 制：样式。 ⑪ 孺（rú 如）：幼儿。纵：尽情。 ⑫ 斑白：发色黑白相杂，指老人。 ⑬ 节和：季节暖和。 ⑭ 厉：猛烈，凛冽。 ⑮ 纪历志：岁时的记载，指历书。 ⑯ 余乐：不尽的快乐。 ⑰ 于何：在哪里。 ⑱ 奇踪：奇迹，指桃源。五百：五百年。从秦至东晋太元年间历六百余年，此是概数。 ⑲ 旋复：随即又。 ⑳ 游方士：指世俗之人。方：方内，尘世中。 ㉑ 测：料知。 ㉒ 言：语助词。蹑（niè 聂）：踏，乘驾。 ㉓ 契：投和。

【翻译】

晋太元年间，武陵地方有一位靠捕鱼为生的人。一天，他撑着船儿顺着溪流前行，竟忘记走了多远。忽然，眼前出现了一片桃花林，桃林沿着溪水两岸广延几百步，林中没有一棵别的树，鲜嫩的青草散着芳香，缤纷的花瓣撒满草地。渔人十分惊异眼前的景色，他继续向前，想走完这片桃林看个究竟。

桃林的尽头就是溪水发源的地方，就在这里，一座山横在渔人面前。山有小洞，洞内隐隐约约透出一些亮光。渔人离船上岸，从洞口进去。洞子起初很狭窄，刚容一人通过。再往前走了几十步，眼前突然开阔明朗。只见土地平整广阔，房屋整整齐齐，有肥沃的土地，美丽的池塘，长着桑树、翠竹。田间的小路纵横交错，村落间能听见鸡鸣狗叫的声音。那些来来往往耕种劳作的人，不论男女，衣着打扮都和外域的人一样。黄发的老人和垂发的儿童也个个无忧无虑，自得其乐。

他们看到渔人，非常惊讶，问渔人从什么地方来，渔人一一作了回答。有人就邀请渔人到家里，杀鸡、做饭，拿出酒来款待他。村里的人听说来了这样一位客人，都赶来打听消息。他们自己介绍说，他们的祖先因躲避秦的暴虐，带着妻子儿女和同乡人一道来到这与外界隔绝的地方，再也没有从这里出去，于是和外面的人断了往来。他们问现在世上的情况，竟然不知道有个汉朝，更不必说魏朝和晋朝了。渔人把自己知道的一桩桩一件件详细说给他们听，大家感慨叹息不止。其余的人又轮流邀请渔人到自己家里，用酒菜饭食招待他。渔人在这里住了几天，向众人告辞。桃花源中的人叮嘱渔人说："我们的情况用不着对外边的人提起啊。"

渔人出了洞子，找到自己的船，便沿着来时的路返回，一路上处处做上记号。他到了武陵郡城里，拜见太守报告了自己的所见所闻。太守立刻派人跟随渔人去找桃花源，但原先所作的记号竟然没有踪影，再也找不到那条路了。

南阳地方有个叫刘子骥的，是个高人雅士，听说这件事，很高兴地打算去找桃花源。他还没来得及成行，就生病去世。以后便再也没有人去探寻桃花源了。

秦王施暴政搅乱了纲纪，
贤良的人们纷纷躲避。
夏黄公四贤人隐居商山，

逃奔桃源的人从此消声匿迹。
去时踪迹随同岁月消逝，
来桃源的路也荒芜而无从寻觅。
桃源人努力耕耘相互鼓励，
太阳落回家去自由歇息。
桑竹茂密连成荫，
栽种五谷随节气。
春天里自收获长长茧丝，
秋稼熟没有官税催逼。
荆草丛生将道路遮蔽，
此起彼应的是狗叫鸡啼。
古老的祭祀仪式在这里延续，
服饰打扮仍保持旧时的样式。
顽童跳跳蹦蹦放声歌唱，
老人高高兴兴串门游憩。
青草茂盛报道春和日暖，
树木凋谢预示寒冬又至。
虽不曾有年岁时节记载，
寒来暑往一年自有四季。
人们生活安适快乐无穷，
何须耍弄智谋费尽心计。
奇异踪迹深藏五六百年，

一旦敞露便呈神仙境地。
淳朴和浇薄世风本不同源，
因此门刚敞开又即刻关闭。
试问那人世间的凡夫俗子，
你可知尘世外竟有这般奇迹？
但愿我能乘清风高高飞起，
去寻觅志同道合的桃源知己。

游斜川并序

斜川在庐山附近。据序说这首诗作于辛酉，辛酉年即宋武帝永初二年(421)，陶渊明五十七岁。此时作者已近风烛残年，前一年晋宋易代也给予他强烈刺激，因此作品在描写赞美斜川一带的自然风光的同时，抒发了他晚年的苦闷心情，也寄托了他孤高不群，坚贞挺拔的情操。作品的序是一篇精美的山水游记，诗文辉映，言情并茂，浑然天成。

辛酉正月五日，天气澄和①，风物闲美②，与二三邻曲③，同游斜川。临长流，望曾城④；鲂鲤跃鳞于将夕，水鸥乘和以翻飞⑤。彼南阜者⑥，名实旧矣⑦，不复乃为嗟叹。若夫曾城⑧，傍无依接，独秀中皋⑨；遥想灵山⑩，有爱嘉名⑪。欣对不足⑫，率尔赋诗⑬，悲日月之遂往⑭，悼吾年之不留。各疏年纪、乡里⑮，以记其时日。

开岁倏五日⑯，吾生行归休⑰；念之动中怀⑱，及辰为兹游⑲。气和天惟澄⑳，班坐依远流㉑；弱湍驰文鲂㉒，

① 澄和：澄清和暖。 ② 风物：这里指斜川特有的景物。闲：闲静。 ③ 邻曲：邻居。 ④ 曾城：山名。 ⑤ 和：和风，春风。 ⑥ 南阜：指庐山。阜，山。 ⑦ 名实：这里指庐山的美名和美景。 ⑧ 若夫：至于。 ⑨ 皋：沼泽。 ⑩ 灵山：仙山，指传说中昆仑山的曾城，神仙所居。见《后汉书·张衡传》注引《淮南子》。 ⑪ “有爱”句：意谓眼前的曾城山与昆仑山的仙居同名，由此想到彼，又因彼名爱及此。 ⑫ 对：对答，犹议论。 ⑬ 率尔：此意谓随即，立刻。 ⑭ 遂往：即逝。往，逝去。 ⑮ 疏：分条记上，写上。 ⑯ 倏（shū 书）：忽，急速。 ⑰ 行：将近。归休：指死亡。 ⑱ 之：指“吾生行归休”。中怀：内心。 ⑲ 及辰：及时。兹：此。 ⑳ 惟：语助词，加强判断。 ㉑ 班坐：依次列坐。依：傍偎，靠着。 ㉒ 弱湍：舒缓的水流。文：花纹，彩色。

闲谷矫鸣鸥[1]。迥泽散游目[2]，缅然睇曾丘[3]；虽微九重秀[4]，顾瞻无匹俦[5]。提壶接宾侣[6]，引满更献酬[7]；未知从今去，当复如此不[8]？中觞纵遥情[9]，忘彼千载忧[10]；且极今朝乐，明日非所求。

【翻译】

辛酉年正月五日，天气晴朗和暖，风物闲静优美。我同两三位邻居，一起游览斜川。我们站在悠然远逝的溪流边，眺望曾城山；夕阳中鲂、鲤跃出水面鳞光闪闪，水鸥乘着煦和的轻风上下翻飞。说到那庐山，已为人们熟知，也就不再为它迷人的景色赞叹。至于曾城山，旁无依托，周围没有别的山同它连接，在平川湖沼之中拔地而起，秀丽无比；想到昆仑山也有一座神仙住的曾城，就更加喜欢眼前这座山的美名。我们这样愉

① 矫：飞。 ② 迥泽：广阔的湖沼。散：放纵。 ③ 缅然：沉思貌。睇（dì 第）：注视。曾丘：指眼前的曾城山。 ④ 微：无。九重：指昆仑的曾城山，传说山有九重。 ⑤ 匹俦：匹配，匹比。俦，同类。 ⑥ 接：接待。 ⑦ 引满：指注满酒杯。更：轮流。献酬：敬酒。 ⑧ 不：同“否”。 ⑨ 中觞：酒喝到中途。纵：放开。遥情：超然世外之情。 ⑩ 千载：犹言“三季后”。参见《赠羊长史》诗。

快地议论着，仍觉不足以尽情，接着就赋诗，抒发自己对岁月易逝的伤感，寄托对年华不再的哀叹。然后各位游伴分条写上年龄、籍贯，以记述这一天的情事。

开年转眼到了第五天，
时间过得真快，我的生命已经接近尽头。
想到这一切，自觉心情激动，
不如趁着良辰作一次斜川之游。
天气晴朗碧空如洗，
我和游伴们依序而坐偎傍着溪流；
潺湲的溪水中各色鱼群疾游而过，
静谧的空谷间矫健地回翔着鸣鸥。
放眼湖沼平川我视野无限辽阔，
凝视着曾城山我沉思良久；
它虽然没有昆仑山曾城九重那样秀美，
看起来这周围也没有一处可与它匹俦。
提着酒壶我款待同来的游伴，
斟满酒杯我们轮番劝酒，
不知从今后，
还能如此否？
酒至半酣超世的情怀无比舒畅，

把衰世以来千年愁思全然抛诸脑后；
姑且尽情享受今天的欢乐，
至于明朝是喜是忧我毫无所求。

咏荆轲

《咏荆轲》和《陶渊明集》中的《咏二疏》、《咏三良》都是咏史诗。诗体相同、内容又互相阐发，当是同一时期的作品。清人陶澍认为《咏三良》一诗为悼张祎不忍向零陵王进毒而自饮先死（见《靖节先生集》卷四），这件事发生在南朝宋永初二年(421)，时渊明五十七岁。《咏荆轲》就写在这一年或前后不久。

这首诗写荆轲刺秦王的历史故事。荆轲，战国时卫人，自齐国入燕，燕人称之为荆卿。荆轲尚侠义，好剑术，燕太子丹待他为上宾。秦兵东侵，先后灭了韩、赵等国。燕国感到祸将及己，而国小力微，难以抗御。太子丹决计行刺秦王嬴政，以遏止秦师东进。荆轲为报知遇之恩，答应了太子丹的请求，假借燕向秦割让督亢之地，以献地图为名，藏匕首于图中，意在劫持秦王，令其就范。临行时，太子丹率众宾客，皆白衣素冠，于易水(今河北境内)旁为荆轲饯行。荆轲入秦后事败被杀。事详见《史记·刺客列传》。这首诗成功地塑造了一个锄暴勇士的生动形象，歌颂了荆轲不畏强暴的侠义行为，对他的失败表示了惋惜。

燕丹善养士①，志在报强嬴②。招集百夫良③，岁暮得荆卿。君子死知己，提剑出燕京④。素骥鸣广陌⑤，慷慨送我行⑥。雄发指危冠⑦，猛气冲长缨⑧。饮饯易水

① 燕丹：燕国太子，名丹。士：指春秋战国时诸侯的门客。 ② 强嬴：暴秦。嬴：秦王的姓。 ③ 百夫良：能敌百人的勇士。 ④ 燕京：燕国的都城。 ⑤ 素骥：白马。史载送别者皆白衣冠。白衣白帽为丧服，穿丧服送行，知荆轲难以生还并激励其志。这里作“素骥”也是这个意思。 ⑥ 慷慨：充满正气，情绪激昂。我：拟荆轲自称。 ⑦ 雄发：怒发。指：撑起。危：高。 ⑧ 缨：系冠的丝带。

上,四座列群英。渐离击悲筑①,宋意唱高声②。萧萧哀风逝,淡淡寒波生③。商音更流涕④,羽奏壮士惊⑤。心知去不归,且有后世名⑥。登车何时顾⑦,飞盖入秦庭⑧。凌厉越万里⑨,逶迤过千城⑩。图穷事自至⑪,豪主正怔营⑫。惜哉剑术疏⑬,奇功遂不成!

---

① 渐离:高渐离,燕国人,与荆轲友善。饯别荆轲时高渐离击筑,士皆涕泣。荆轲刺秦王失败后,高渐离因善于击筑得亲近秦始皇,以铅置筑中行刺始皇,不遂而被杀。见《史记·刺客列传》。筑:一种与筝相似的乐器,十三弦,颈细而曲。 ② 宋意:燕国勇士。易水送别荆轲时,他和筑高歌。见《淮南子·泰族训》。 ③"萧萧"二句:《史记·刺客列传》载,荆轲临行时曾高歌道:"风萧萧兮易水寒,壮士一去兮不复还。"是说面对悲号的寒风和凛冽的易水发誓,我此去决不生还。此用其意。萧萧:风声。淡淡:水摇动貌。 ④ 商音:古代乐调分宫、商、角、徵(zhǐ 止)、羽五个音阶,商音调子比较凄凉。 ⑤ 羽奏:奏羽音。羽音调子激越慷慨。 ⑥ 且:将。 ⑦ 顾:回头看。 ⑧ 盖:车盖。借指车马。 ⑨ 凌厉:奋勇直前貌。 ⑩ 逶迤(wēi yí 威移):道路曲折漫长貌。 ⑪"图穷"句:地图展开到尽头,行刺的事自然发生了。荆轲入秦,给秦王献上督亢地图,当地图全部展开,预先藏在图里的匕首露了出来。荆轲于是左手抓住秦王的衣袖,右手取匕首刺秦王。秦王挣断袖子绕着柱子跑。荆轲终被秦王所杀。详见《史记·刺客列传》。 ⑫ 豪主:指秦王,即秦始皇。怔(zhēn 征)营:惊恐状。 ⑬ 剑术疏:剑术不精。

其人虽已没[①],千载有余情[②]。

【翻译】

燕丹太子爱侠客,

立志雪耻抗暴秦。

广募能敌百人的骁勇士,

年终喜得有情有义的勇荆卿。

自古士为知己死,

荆轲手提利剑出燕京。

宽阔的大道上奔驰着一匹匹长啸的白马,

众知己情怀激昂地为赴死的勇士来送行。

同仇敌忾怒发上冲冠,

血性男儿猛气冲长缨。

易水边设酒饯别壮行色,

四座上环列着燕国众精英。

高渐离击筑声音多悲壮,

宋意引吭高歌歌声遏行云。

萧瑟的北风呵,发出阵阵哀号,

寒冷的易水呵,泛起淡淡的波纹。

---

① 其人:指荆轲。没:死,死亡。 ② 余情:豪情不尽,精神不死。

凄恻哀婉的商声催人落泪，
慷慨激越的羽音令人心惊。
明知道此行九死一生难回还，
盼只盼史册永载烈士名。
毅然登车不反顾，
满载豪气驰秦庭。
勇往直前越万里，
蜿蜒奔波过千城。
佯献图图穷匕首现，
霎时间豪主震恐秦庭惊。
只叹剑术尚不精，
功败垂成热血倾！
荆轲呵荆轲，你虽然久已离开人世，
你大无畏的抗暴精神却与世长存。

读《山海经》(十三首选四)

这组诗共十三首,是诗人读《山海经》、《穆天子传》等书有感而作,这里选了其中四首。《山海经》是一部记叙古代神话传说和海内外山川异物的书;《穆天子传》也是神话传说,记叙周穆王驾八骏西巡的故事。诗人借古咏今,以两本书所载传说中的奇闻异事,抒发自己的壮志豪情和对现实的感慨。组诗相当完整,第一首总起,第二至第十二首分别吟咏,末篇总结历史教训,慨叹东晋用人不当招致灭亡。这组诗为陶渊明在刘裕杀害晋恭帝次年,即宋武帝永初三年(422)写的,时年五十八岁。

其　一①

孟夏草木长②，绕屋树扶疏③。
众鸟欣有托④，吾亦爱吾庐。
既耕亦已种，时还读我书。
穷巷隔深辙，颇回故人车⑤。
欢言酌春酒⑥，摘我园中蔬。
微雨从东来，好风与之俱。
泛览周王传⑦，流观山海图⑧。
俯仰终宇宙⑨，不乐复何如。

【翻译】

入夏草木生机勃勃，

---

① 此诗原列第一首，写诗人隐居耕读的乐趣，为组诗的序诗。 ② 孟夏：初夏，农历四月。 ③ 扶疏：枝叶纷披貌。 ④ 托：依托，指寄身之所。 ⑤“穷巷”二句：住在僻巷远离大路车马难行，常使来访的老友掉转车头。意思是说很少与外界交往。穷巷：僻巷。深辙：深深的车痕，指大路。辙是车轮的辗痕。 ⑥ 春酒：冬酿酒，春始成，故称。 ⑦ 周王传：即《穆天子传》。 ⑧ 山海图：即《山海经》图，根据《山海经》故事绘制。据说汉代以前就有了，晋代郭璞为该书作注，并作图赞。 ⑨ 俯仰：俯仰之间，极言为时短暂。终：穷，尽。

绿树绕屋枝叶四布。
群鸟筑巢安栖绿荫，
我也钟爱我的草屋。
农忙时节耕种已罢，
回家歇息得闲读书。
住处偏僻车马难通，
老友大驾望而却步。
冬酿美酒取出痛饮，
摘食园中自种菜蔬。
天上飘下毛毛细雨，
东风相伴使我心舒。
泛泛翻阅《穆天子传》，
时时浏览《山海经》图。
顷刻之间遍游宇宙，
悠闲自在岂不乐乎。

其　二①

夸父诞宏志②，乃与日竞走③；
俱至虞渊下④，似若无胜负。
神力既殊妙⑤，倾河焉足有⑥！
余迹寄邓林⑦，功竟在身后⑧。

【翻译】

夸父立下宏图大志，
竟与太阳比赛速度；
同时跑到日落之处，
彼此似乎不分胜负。
夸父本领实在神奇，
喝干黄河哪有个够！

---

① 此诗原列第九首。作者赞美了夸父的雄心壮志和非凡的毅力，他虽壮志未酬，功绩和精神永垂后世。 ② 夸父：神话人物。夸父追赶太阳，一直追到虞渊，口渴，把黄河和渭河的水喝干了不能止渴，准备到北方喝大泽的水，中途渴死，丢弃他的手杖，化为邓林。见《山海经·海外西经》及《大荒北经》。诞：夸口。 ③ 乃：竟然。 ④ 虞渊：传说中的日落处。 ⑤ 殊：不同寻常。 ⑥ 河：指黄河。 ⑦ 余迹：遗迹，指夸父所弃手杖。寄：存留。邓林：古代传说中的大森林。 ⑧ 竟：完成。

渴死弃杖化作邓林，

功绩成于身死之后。

其　三①

精卫衔微木，将以填沧海②。

刑天舞干戚，猛志固常在③。

同物既无虑，化去不复悔④。

徒设在昔心⑤，良晨讵可待⑥！

【翻译】

精卫鸟衔着小石细枝飞去飞来，

---

① 此诗原列第十首。作品歌颂了精卫和刑天的顽强的斗争精神，是鲁迅所说的"金刚怒目"式的诗篇。诗人惋惜精卫、刑天壮志不能实现，寄托了自己空怀抱负的慷慨不平的心情。 ②"精卫"二句：《山海经·北山经》载，炎帝的少女女娃，游于东海而被溺死，化为鸟，名精卫，衔西山木石以填沧海。微木：细木。沧海：大海。 ③"刑天"二句：《山海经·海外西经》载，有兽名刑天，与帝争神，被帝断首，于是它以乳为目，以脐为口，挥干戚而舞。干：盾。戚：斧。固：本来。 ④"同物"二句："同物"、"化去"都指女娃、刑天死后化为异物，生死本无差别，意即《庄子·齐物论》中所谓的"物化"。参见该书。 ⑤"徒设"句：徒有过去的雄心壮志。 ⑥良晨：指实现壮志的日子。讵：岂。待：等待。

要用它们填平大海。
刑天挥动巨斧盾牌，
被砍断了头颅壮志依然存在。
既然生前毫无顾虑，
死后有什么可大惊小怪。
他们空有昔日的壮志满怀，
那偿愿的大好时光岂能到来！

其　四①

岩岩显朝市②，帝者慎用才。
何以废共鲧③，重华为之来④。

---

① 此诗原列第十三首，是一篇论史性质的诗篇。诗中说明亲贤去奸而国家兴旺，亲奸疏贤而国家灭亡。“帝者慎用才”是作者对历史教训的总结，也是对东晋用人不当遭致灭亡的慨叹。 ② 岩岩：高峻威严貌，这里代指大臣们。语出《诗经·小雅·节南山》。朝市：复词偏义，这里指朝廷。 ③ 共（gōng 恭）鲧（gǔn 滚）：指尧臣共工和鲧，他们与欢兜、三苗并称“四凶”，舜继位后均被废斥。见《尚书·尧典》、《山海经·海内经》等。 ④ 重华：指虞舜，尧臣，后尧让位给舜，舜废斥“四凶”。之：代废共鲧的事。来：语助词，无义。

仲父献诚言，姜公乃见猜①；

临没告饥渴②，当复何及哉③！

【翻译】

朝廷上大臣们个个高大又威风，

君王们辨贤奸用人千万要慎重。

为什么“四凶”作恶终于被流放？

只因为虞舜继承了重贤去奸的好传统。

贤管仲推心置腹说实话，

齐桓公竟把忠言当成耳边风；

显赫一时的大霸主，临死饥渴难熬求告无门，

这地步要后悔还顶什么用！

---

①“仲父”二句：管仲向齐桓公进献诚挚之言，反而被桓公猜疑。管仲病危时曾告诫桓公，竖刁、易牙、开方是三个佞臣，不可重用，桓公不听管仲遗言，结果让三人专权。见《韩非子·十过》、《史记·齐太公世家》。仲父：指管仲。齐桓公尊称管仲为仲父，谓之仅次于父亲。姜公：齐桓公，春秋五霸之一，姓姜，故称姜公。 ②“临没”句：竖刁等三人作乱，桓公被禁闭，饥渴而死。没：死。 ③ 当复何及：又将怎么来得及，意谓后悔莫及。

答庞参军并序

这首五言诗作于宋少帝景平二年(424),陶渊明六十岁。庞参军的名字生平不详,同《怨诗楚调示庞主簿邓治中》诗中的主簿庞遵不是一个人,诗和序中都说他们因曾作邻居而相知。作者《答庞参军》有五言、四言各一首,分别作于这一年的春、冬。这年春天庞为荆州刺史、镇西将军刘义隆的参军,有诗赠陶,渊明写这首诗作答。

这首诗回忆昔日为邻时两人志趣相投,欣然过从的深厚情谊,对歧路分手表示了无限惋惜。作者更因晚年多病,希望老友频寄书信、保重身体,期望重逢有日,相思情切,诚挚感人。

三复来贶①，欲罢不能。自尔邻曲，冬春再交②，欸然良对，忽成旧游③。俗谚云："数面成亲旧④。"况情过此者乎？人事好乖⑤，便当语离；杨公所叹，岂惟常悲⑥。吾抱病多年，不复为文⑦，本既不丰⑧，复老病继之；辄依周礼往复之义⑨，且为别后相思之资⑩。

---

① 三复：再三、反复诵读。贶（kuàng 况）：赐，敬辞。指赠诗。 ②"冬春"句：经过两个冬天，又到第二个春天，时间跨三个年份，实际是一年多。再：第二次。 ③"欸（āi 哀）然"二句：意谓友善的邻居很快分别，成了旧日交游的朋友，令人叹息。欸：叹息。良对：犹良邻、善邻。《晏子春秋·不合经术者》："有良邻，则日见君子，婴之愿也。"此用其意。 ④"数面"句：见了几次面就和亲戚旧友一样。 ⑤ 好（hào 耗）：容易。乖：违背。 ⑥"杨公"二句：杨公指战国初哲学家杨朱。《淮南子·说林训》载，杨朱见歧路而哭。晋人有用歧路表离别者。这里引杨公叹歧路，既是惜别，还包含各奔前程，所追求者不同的意思，故曰"岂惟常悲"。 ⑦ 文：指诗。六朝以"有韵为文，无韵为笔"。 ⑧"本既"句：谦称自己学问根基不厚。本：根柢。丰：厚。 ⑨ 周礼往复之义：即"礼尚往来"，是说往而不来，来而不往都不合礼数。见《礼记·曲礼》。 ⑩ 资：凭借，寄托。

相知何必旧，倾盖定前言①。
有客赏我趣②，每每顾林园。
谈谐无俗调，所说圣人篇③。
或有数斗酒，闲饮自欢然。
我实幽居士④，无复东西缘⑤。
物新人惟旧⑥，弱毫多所宣⑦。
情通万里外，形迹滞江山。
君其爱体素⑧，来会在何年！

【翻译】

反复展读您给我的赠诗，想放也放不下来。自从和您结邻而分别，算来已有一年多，天天能见面的好邻居，一下子成了昔日交游的朋友，实在令人叹息。俗话说："数面成亲旧"，何况我们的交情远比这深厚？人间的事情往往不能如愿，结邻不久就

---

①"倾盖"句：是说一见如故。前言：前人的话，指西汉文学家邹阳《狱中上梁王书》中之"倾盖如故"，意谓二人相见于路，言语投机，如同旧交，以致彼此车盖相倾到一块。②客：这里指庞参军。③说(yuè 月)：同"悦"。④幽居士：隐士。⑤东西：东奔西走，指求仕。缘：缘分。这里无缘犹绝缘，无意。⑥"物新"句：语出《尚书·盘庚》。物新指事物更新，这里喻刘宋代晋。⑦弱毫：毛笔。宣：表达，指写信。⑧体素：体质，身体。

要话别；杨公悲叹歧路分手，难道只是寻常的哀愁？我抱病多年，许久不写诗了，学问的根柢原本不厚，加上年老多病，现在勉为其难凑合一首，既是遵循周礼礼尚往来的遗教，也以供别后相思的凭藉。

相知何必老相识，
新交知心如旧友。
幸您赏识我志趣，
敝舍多蒙常趋走。
谈吐相合无俗语，
圣贤遗篇共探求。
赶上有酒共欢饮，
边饮边聊兴更稠。
我本生性爱隐居，
无意求仕四处游。
时世虽变人依旧，
但愿彼此常通邮。
书信情通万里外，
哪怕形迹隔山丘。
万望贵体多保重，
他年来会重聚首！

有会而作并序

有会而作即有感而作。这是陶渊明晚年在他生活最困苦的时候,即宋文帝元嘉三年(426)所作,时年六十二岁。这首诗写作者灾年的饥馁状况。他虽然穷得几乎揭不开锅,没有衣服可换,却决不为苟延残喘而吃“嗟来之食”,表现了他晚年穷且益坚的性格。

旧谷既没,新谷未登①,颇为老农②,而值年灾,日月尚悠③,为患未已④。登岁之功⑤,既不可希,朝

① 未登:指没有成熟。登:成熟。 ② 老农:作者自称。 ③“日月”句:日子还很长。 ④ 已:止。 ⑤ 登岁:丰年。功:指农业收成。

夕所资，烟火裁通[1]。旬日以来，始念饥乏。岁云夕矣[2]，慨然永怀[3]。今我不述[4]，后生何闻哉[5]！

弱年逢家乏[6]，老至更长饥[7]。
菽麦实所羡[8]，孰敢慕甘肥[9]！
惄如亚九饭[10]，当暑厌寒衣。
岁月将欲暮，如何辛苦悲[11]。
常善粥者心，深念蒙袂非；
嗟来何足吝，徒没空自遗[12]。

---

① 裁：同“才”。 ② 云：语助词，无义。 ③ 永怀：犹长叹，深感。永：长。 ④ 述：陈述，写。 ⑤ 后生：后代，子孙。 ⑥ 弱：幼，少。 ⑦ 更：经历。 ⑧ 菽麦：泛指杂粮。 ⑨ 甘肥：精美的食物。 ⑩ 惄（nì 逆）如：饥饿状。亚：次一等。九饭：《说苑·立节》载，子思居卫国时，极贫，三旬九遇食。“三旬九食”是说三十天只吃了九顿饭。 ⑪ 如何：奈何。 ⑫“常善”四句：用“不食嗟来之食”的典故。《礼记·檀弓》载，齐国闹大饥荒，黔敖准备稀粥在路上赈济饥民，有个饥者用袖蒙着脸而来，黔敖叫：“嗟，来食！”那人瞪着眼睛对黔敖说，我就因为不吃“嗟来之食”，才落得这个地步。终于不食以至饿死。这四句是反话，诗人实际上不主张吃嗟来之食。萧统《陶渊明传》说，江州刺史檀道济“馈以粱肉，麾而去之”，他虽贫病饿馁，但始终不要送给他的精美食物。粥者：施粥赈济饥民的人，此指黔敖。蒙袂：用衣袖遮脸。嗟（jiē 阶）：吆喝声，是不尊敬的招呼。吝：恨。遗：失，弃。

斯滥岂攸志，固穷夙所归①。

馁也已矣夫，在昔多余师。

【翻译】

陈谷已经吃完，新谷还未登场，长年务农的老汉，遇上了灾害之年，岁月尚长，祸患未了。良好的收成既已没有希望，早晚生活所需，仅只维持不至断炊，近十多天来，不能不为衣食匮乏而操心了。一年将尽，我不禁深有所感。如果我现在不写出来，后代人将何由得知呢？

少年时家境贫困，
到老来又常受饥。
只希望饱餐菽麦，
哪敢想美味珍奇！
穷得我三旬不能九食，
夏季里仍着讨厌的冬衣。
又一年即将过尽，

① "斯滥"二句：《论语·卫灵公》说："君子固穷，小人穷斯滥矣。"意思是君子能固守穷困，小人贫穷则乱做坏事。斯：连词，则，乃。滥：没有节制，指越轨行为。攸：所。夙：平素。

枉自辛苦无限伤悲。
赈灾者心肠慈善，
掩面去本非所宜。
“嗟来食”又何足恨，
空饿死无益于时。
“穷斯滥”岂是所愿，
效君子守志不移。
饿一饿算得什么，
古人中有我良师。

乞　　食

此诗所写的未必是实事，但它与《有会而作》同样反映了作者极度饥馁的状况，当同是晚年的作品。饿得要讨饭，或遇遗赠，想到不久人世，只得阴间图报，充满了穷愁潦倒的悲愤心情。

饥来驱我去，不知竟何之①！
行行至斯里②，叩门拙言辞③。
主人解余意，遗赠岂虚来④？

① 竟：究竟。之：往。 ② 行行：不停地走，犹言走呀走。斯：这。里：闾里。 ③ 拙言辞：不知讲什么好。拙，笨拙。 ④ 遗(wèi 位)赠：赠送。

谈谐终日夕，觞至辄倾杯①；
情欣新知欢，言咏遂赋诗。
感子漂母惠，愧我非韩才②；
衔戢知何谢③，冥报以相贻④。

【翻译】

饥饿驱使我向人乞讨，
茫茫然不知道走向何方。
脚步不停地来到了这个村落，
敲开别人的大门一时又难把话讲。
房主人明白了我的来意，
送给我东西不让我空跑一趟。
言谈投机我在他家呆了一天，
主人与我碰杯我也就放开了酒量。
交上了新朋我心情无比欢畅，
边谈边吟咏我写下了新诗一章。

---

① 辄：总是。 ②“感子”二句：《史记·淮阴侯列传》载：韩信在城下钓鱼，有个漂母怜他饥饿，给他饭吃。韩信发誓报恩，后来韩信帮助刘邦灭了项羽，封为楚王，果然派人找到漂母，送他钱财。子：对人的尊称。漂母：洗衣老妇。 ③ 戢（jì 集）：藏。衔戢是说对别人的恩惠衔之于口，藏之于心。 ④ 贻：赠送。

感激你施给我像漂母一样的恩惠，
惭愧的是自己的才略不能与韩信相当。
把你对我的厚谊铭记在心，
我只有死后在阴间图谋报偿。

挽歌诗（三首选一）

挽歌，即丧歌，表示对死者的哀悼。陶渊明卒于宋文帝元嘉四年(427)十一月，享年六十三岁，《挽歌诗》是他在死前两个月写的自挽之词。原诗共三首，这里选了末一首，是作者留下的最后的诗章。他在诗中设想了自己死后人们送葬的整个过程，并说明死是任何人也逃不脱的自然变化，算不了什么，只不过是把骸骨托付山陵，表现了诗人视死如归的达观态度。

荒草何茫茫①，白杨亦萧萧②。严霜九月中，送我出

---

① 何：何其，多么。 ② 萧萧：风吹树木声。

远郊。四面无人居，高坟正嶕峣[1]。马为仰天鸣，风为自萧条。幽室一已闭[2]，千年不复朝[3]；千年不复朝，贤达无奈何[4]。向来相送人[5]，各自还其家；亲戚或余悲，他人亦已歌。死去何所道，托体同山阿[6]。

【翻译】

荒凉的衰草无边无际，
白杨树传来萧瑟的风声。
在严寒的九月里，
我被送往遥远的郊垠。
环顾四周，杳无人迹，
一座座耸立的高坟如林。
马儿仰天哀鸣，
秋风吹个不停。
墓穴一经封闭，
永远难见光明；
永远不见光明，
管你是贤人达士，到头来都同归于尽。

---

① 嶕峣（jiāo yáo 交摇）：高耸貌。 ② 幽室：指墓穴。 ③“千年”句：如同黑夜永远不会天亮。 ④ 贤达：贤人达士，指有道德有学问的人。 ⑤ 向：当初，刚才。 ⑥ 山阿：山陵。

人们送葬已毕，

各自登上回家的途程；

此时伤心的也许只有自己的亲属，

而在他人早已把悲哀忘个干净。

人死了还有什么可说，

无非是把躯体寄放于山陵。

闲情赋并序

赋是我国古典文学中的一种文体，兼有诗歌和散文的性质。《闲情赋》是写爱情的，大概是作者青年时的一篇抒情之作。陶渊明于晋太元十九年(394)，三十岁时丧前妻，或即这年所作。

这篇赋题名“闲情”，“闲”是防闲，即检束感情，使人归于正道。但是它却一反作者朴素淡远的风格，抒发了对纯真爱情的炽热追求。如鲁迅先生所说：“又如被选家录取了《归去来辞》和《桃花源记》，被论客赞赏着‘采菊东篱下，悠然见南山’的陶潜先生，在后人心目中，实在飘逸得太久了，但在全集里，他却有时很摩登，‘愿在丝而为履，附素足以周旋；悲行止之有节，空委弃于床前’，竟想摇身一变，化为‘啊呀呀，我的爱人呀’的鞋子，虽然后来自说因为‘止于礼义’，未能进攻到底，但那些胡思乱想的自白，究竟是大胆的”（《且介亭杂文二集·题未定草六》）。这篇赋与《读〈山海经〉》从不同的角度表现了作者绝非“浑身是静穆”，内心充满着激情。

这篇赋结构新颖，想象丰富，灵活运用了比兴手法。尤其是其中的十愿，表现了极大的创造性，荡除了汉赋那种着意铺排，堆砌词藻、典故的积弊，清新自然，因此被人们久诵不衰。

初，张衡作《定情赋》①，蔡邕作《静情赋》②，检逸辞而宗澹泊③，始则荡以思虑④，而终归闲正⑤。将以抑流宕之邪心⑥，谅有助于讽谏⑦。缀文之

① 张衡：字平子，东汉文学家、科学家。 ② 蔡邕（yōng拥）：字伯喈，东汉文学家、书法家。 ③ 检：检束。宗：师法，崇尚。 ④ 荡：无拘束。 ⑤ 闲正：闲雅正派。 ⑥ 宕：同“荡”。 ⑦ 讽谏：委婉的劝谏。

士①，奕代继作②，并因触类③，广其辞义。余园闾多暇④，复染翰为之⑤。虽文妙不足，庶不谬作者之意乎⑥！

夫何瓌逸之令姿⑦，独旷世以秀群⑧。表倾城之艳色⑨，期有德于传闻⑩。佩鸣玉以比洁，齐幽兰以争芬。淡柔情于俗内⑪，负雅志于高云。悲晨曦之易夕⑫，感人生之长勤⑬。同一尽于百年，何欢寡而愁殷⑭！褰朱帏而正坐⑮，泛清瑟以自欣⑯。送纤指之余好⑰，攘皓袖之缤纷⑱。瞬美目以流眄⑲，含言笑而不分。

---

① 缀文：作文。缀：连缀。 ②“奕代”句：累代相继创作。赋情自战国始，经汉以后，魏陈琳、阮瑀均作《止欲赋》、王粲作《闲邪赋》、应玚作《正情赋》，故有此说。 ③ 触类：连类而及。 ④ 园闾：田舍。 ⑤ 染翰：用笔蘸墨。翰：笔毫。 ⑥ 庶：也许。谬：违背。 ⑦ 夫：彼。何：何其。瓌（guī 规）逸：奇妙卓出貌。瓌，同“瑰”。令：美好。 ⑧ 旷世：当代无比。秀群：超出众人。 ⑨ 表：显示。倾城：全城人为之倾倒，形容女子极美。语出《汉书·外戚传》。 ⑩ 期：期待，追求。于：介词，同“以”。 ⑪ 俗内：指世俗。 ⑫ 晨曦（xī 析）：朝阳。 ⑬ 长勤：多劳苦。 ⑭ 殷：多，重。 ⑮ 褰（qiān 千）：揭起，拉开。 ⑯ 泛：古人称演奏琴瑟为泛。瑟：乐器名。与琴相似，二十五弦。瑟声清越。 ⑰ 余好：指瑟声袅袅不绝。 ⑱ 攘（rǎng 嚷）：捋，抹。缤纷：状上下翻飞，使人眼花缭乱。 ⑲ 瞬：目光转动。流眄（miàn 面）：眼波流盼。

曲调将半，景落西轩①。悲商叩林②，白云依山。仰睇天路③，俯促鸣弦。神仪妩媚，举止详妍④。激清音以感余，愿接膝以交言。欲自往以结誓，惧冒礼之为諐⑤。待凤鸟以致辞⑥，恐他人之我先。意惶惑而靡宁⑦，魂须臾而九迁⑧。

愿在衣而为领，承华首之余芳⑨；悲罗襟之宵离⑩，怨秋夜之未央⑪。愿在裳而为带⑫，束窈窕之纤身⑬；嗟温凉之异气⑭，或脱故而服新。愿在发而为泽⑮，刷玄鬓于颓肩⑯；悲佳人之屡沐，从白水以枯煎。愿在眉而为黛⑰，随瞻视以闲扬；悲脂粉之尚鲜，或取毁于华妆⑱。愿在莞而为席⑲，安弱体于三秋⑳；悲文茵之代御㉑，方

① 景：日影。轩：窗。 ② 悲商：指秋风声。古人常以五音表四方、四季，商调凄厉，表西方、秋季。 ③ 睇（dì 弟）：凝视。 ④ 详妍：安详美妙。 ⑤ 諐（qiān 千）：过错。同“愆”。 ⑥ 凤鸟：传说上古帝喾（kù 库）高辛氏用凤凰传送礼物娶得简狄，后因以喻作爱情的信使，传情的媒介。 ⑦ 靡（mǐ 米）：无。 ⑧ 须臾：顷刻之间。九迁：屡变。九：表多数。 ⑨ 华首：美丽的头部。 ⑩ 罗襟：罗衣，绫罗制的衣服。 ⑪ 未央：未尽。 ⑫ 裳：下衣。 ⑬ 窈窕（yǎo tiǎo 咬条上声）：形容女子体态纤美。 ⑭ 嗟（jiē 阶）：叹息。温凉：冷暖。指气候。 ⑮ 泽：膏泽。这里指发脂。 ⑯ 玄：黑色。颓肩：柔肩。 ⑰ 黛（dài 带）：青黑色的颜料，古代女子用来画眉。 ⑱ 取毁：被毁。 ⑲ 莞（guān 关）：一种蒲草编的粗席。 ⑳ 三秋：秋季的三个月，指秋季。 ㉑ 文茵：有文彩的皮褥。御：用。

经年而见求[1]。愿在丝而为履，附素足以周旋；悲行止之有节，空委弃于床前。愿在昼而为影，常依形而西东；悲高树之多荫，慨有时而不同。愿在夜而为烛，照玉容于两楹[2]；悲扶桑之舒光[3]，奄灭景而藏明[4]。愿在竹而为扇，含凄飙于柔握[5]；悲白露之晨零[6]，顾襟袖之缅邈[7]。愿在木而为桐，作膝上之鸣琴；悲乐极以哀来，终推我而辍音[8]。

考所愿而必违[9]，徒契契以苦心[10]。拥劳情而罔诉[11]，步容与于南林[12]。栖木兰之遗露，翳青松之余阴。傥行行之有觌[13]，交欣惧于中襟[14]。竟寂寞而无见[15]，独悁想以空寻[16]！

敛轻裾以复路[17]，瞻夕阳而流叹。步徙倚以忘趣[18]，色惨凄而矜颜[19]。叶燮燮以去条[20]，气凄凄而就寒[21]。日

① 经年：经过一年。见求：被用。 ② 楹（yíng 迎）：屋柱。 ③ 扶桑：传说中日出之处，此代指太阳。 ④ 奄：突然。景：此指烛光。 ⑤ 凄飙（biāo 标）：凉风。 ⑥ 零：降，落。 ⑦ 缅邈：遥远。 ⑧ 辍：中断，停止。 ⑨ 考：思虑。 ⑩ 契契：愁苦貌。 ⑪ 拥：怀抱。劳情：忧心。罔：无。 ⑫ 容与：徘徊貌。 ⑬ 傥：倘若。行行：徘徊貌。觌（dí 笛）：见面。 ⑭ 中襟：内心。 ⑮ 竟：终。 ⑯ 悁（yuān 冤）想：忧思。 ⑰ 敛：收敛，提起。裾：指下衣。 ⑱ 徙倚：徘徊不进貌。趣：趋向。 ⑲ 矜（jīn 金）颜：脸上显出严肃的神情。 ⑳ 燮燮（xiè 泻）：拟落叶声。去条：离开树枝，指叶落。 ㉑ 就：接近。

负影以偕没①，月媚景于云端。鸟凄声以孤归，兽索偶而不还②。悼当年之晚暮③，恨兹岁之欲殚④。思宵梦以从之，神飘飖而不安⑤。若凭舟之失棹⑥，譬缘崖而无攀⑦。

于时毕昴盈轩⑧，北风凄凄。惘惘不寐⑨，众念徘徊。起摄带以伺晨⑩，繁霜粲于素阶。鸡敛翅而未鸣，笛流远而清哀；始妙密以闲和⑪，终寥亮而藏摧⑫。意夫人之在兹⑬，托行云以送怀；行云逝而无语，时奄冉而就过⑭。徒勤思以自悲⑮，终阻山而带河⑯。迎清风以祛累⑰，寄弱志于归波⑱。尤《蔓草》之为会⑲，诵《邵南》之

---

① 偕：一同。 ② 索：寻找。偶：伴侣。 ③ 当年：正当年，指壮年。晚暮：比喻老年，晚年。 ④ 殚（dān 丹）：尽。 ⑤ 飘飖（yáo 摇）：摇摆不定貌。 ⑥ 凭舟：乘船。棹（zhào 照）：划船用具。 ⑦ 缘：攀缘。 ⑧ 毕昴（mǎo 卯）：星名，都在秋后夜空出现。此泛指秋夜群星。 ⑨ 惘惘：犹炯炯、耿耿，不安貌。 ⑩ 摄带：束带，穿衣。伺晨：等待天亮。 ⑪ 妙密：美妙细密。闲和：闲雅平和。 ⑫ 寥亮：同"嘹亮"。藏摧：肝脏摧折，意凄怆。藏，同"脏"。 ⑬ 意：料想。夫：那个。兹：此。指附近。 ⑭ 奄冉：犹荏苒，形容时光逐渐流逝。就：随即。 ⑮ 勤思：苦思，相思之极。 ⑯ 带河：河水蜿蜒如带，是说难以绕过。 ⑰ 祛（qū 驱）：驱逐。 ⑱ 波：流水。 ⑲ "尤蔓"句：尤，咎责。蔓草，指《诗·郑风·野有蔓草》篇。该诗写一对男女偶遇田野而自由结合的情景。作者斥责这样的男女私会。

余歌①。坦万虑以存诚②，憩遥情于八遐③。

【翻译】

当初，张衡写《定情赋》，蔡邕写《静情赋》，主张约束放荡的文辞，尊崇恬淡寡欲，开头敞开思路任其情怀所想，最后以雅正结束，这样，用它来抑制放荡的邪念，料想会起一些讽谏的作用。后来历代文士相继创作，都就前人的这一创作意图，加以引申发挥，扩大了这一类抒情文字的内容。我家居多有闲暇，也提笔写它一篇。虽自愧笔力不大概不够优美深刻，会不合历来作者的创作本意吧！

你的姿容多么美丽，简直是盖世无伦。显露出倾城的鲜艳光采，追求有高尚的德操而远近扬名。要与佩玉比洁净，要与幽兰争芳馨。你的情怀淡泊脱俗，你的志趣高尚入云，可叹美好的晨光瞬间即逝，人生的旅途历尽艰辛。百年之后都同归于尽，为什么郁郁寡欢而满腹

---

①"诵邵"句：《邵南》，指《诗·国风》中的《召南》。《召南》中的一些篇章，如《草虫》、《行露》、《摽有梅》等称颂了爱情的专一。作者主张合于礼义的结合。 ②"坦万"句：意思是不再胡思乱想，保持感情的纯真。坦：坦荡。这里意为摒除。 ③ 憩（qì 气）：休止。八遐：八荒，八方极远的地方。

忧心！拉开红色的帏幕，正身端坐，弹奏起清瑟不妨自我陶情。长的手指轻盈挪动，洁白的衣袖上下翻腾。柔媚的眼波左右流盼，含情脉脉，带笑而不言。

弹奏的乐曲将及一半，轩窗外已日落西山。瑟瑟秋风摇撼着林树，缕缕白云缭绕于山间。抬头凝视天上的云路，低头急拨手中的鸣弦。神态既娇媚，举止又安娴。那清越的妙音使我万分激动，恨不得同她促膝而坐亲密交谈。想奋身自往以结同心之好，恐不合礼法终将酿成罪愆。期待凤鸟飞来请它代为致意，又怕别人捷足先登走在我前。心烦虑乱，使我不能安宁，魂不守舍，刹时而往返几番。

我愿化作她身上的衣领，每日里嗅着她头上的芳香；只恐怕夜晚她解衣就寝，在漫漫长夜里把我搁置一旁。我愿化作她轻裙上的丝带，每日里缠着她窈窕的细腰；又恐怕寒来暑往节气变化，她会脱去旧衣而另换新袍。我愿化作她秀发上的膏泽，亲近她的玄鬓轻抚她的柔肩；又怕她三番五次地沐浴，用清水冲洗不停而不剩一点。我愿化作她眉毛上的黛墨，伴随她悠闲地眺望四方；又可叹脂粉追求鲜艳，或许会被取代于新的浓妆。我愿化作她床上的簟席，托着她柔弱的玉体，使她感到清凉；但又怕她冬日里改用皮褥，使我相隔一年才能回到她的身旁。我愿化作她脚上的丝鞋，成天附着她的白足去去来来；只恐怕她劳累之后要卧床休息，使我又经受着被遗弃床前的悲哀。我愿在白昼化作她的身影，伴随着她的玉体到处巡行；但又怕高树的广阴把我遮盖，使我有时和她不得相亲。我愿在夜间化作蜡烛，在厅堂里照亮她的芳容；只恐怕大清早旭日东升，耀眼的阳光把我驱散得无影无踪。我愿化作一把竹扇，在她的握持中播送凉风；只恐怕清晨降下了白露，望着她的衣袖遥远而不能跟从。我愿化作茂林中的桐树，制成鸣琴躺在她的膝头；又恐怕她乐极生悲，无心弹奏把我推到身后。

左思右想无法实现自己的宿愿，空留下我对她相思的一片苦心。这满怀的思情无处诉说，我漫步徘徊在南边的树林。在木兰滴露的地方休息片刻，头上有青青松树的庇荫。也许我往来寻觅能忽然见她一面，又喜又惧的感情塞满了胸襟。到头来静悄悄我什么也没有看见，只落得愁苦相思白白追寻！

整整衣衫我重新上路，望着快要落山的太阳而无限伤情。信步走来，不知道要走向何处，满脸忧愁我故作镇静。树叶从枝条上簌簌落下，气候显示着寒天已经来临。落山的太阳暗淡无色，云端的皓月露出倩影。失群的归鸟鸣叫回飞，寻伴的走兽奔跑不停。叹息自己的壮龄一去不返，如今一年的时光又要过完。怀念情人我梦寐以求，神魂飘游，坐卧不安。好像乘船失去桨板，好像爬山在悬崖下无所依攀。

此时满窗星斗，刮着凄厉的北风。我怀着焦灼的心情不能入睡，各种杂念像潮水在脑海中汹涌。盼望天明，我起身穿衣等待，耀眼的浓霜厚厚地积满了阶台。公鸡垂着翅膀尚未开叫，远方传来了笛声清越而悲哀；开始时声音和谐而细小，到后来就变得激昂慷慨。料想相思的人就在那里，托咐行云代我传送情思；行云飘然飞去悄无声息，时光在不知不觉中流逝。万种相思徒然是自寻烦恼，我和她终被阻隔于山高水深。清风啊，请你吹散我胸中的积闷，流水啊，请你带走我这孱弱憔悴的身心。谴责那不正当的男女幽会，称颂用礼义来节制自己的感情。摒除各种杂念保持一片诚心，止住远逸的情思在八荒驰骋。

归去来兮辞并序

辞是一种抒情赋。“归去来兮”就是归去，叙写诗人辞官归田的心情和乐趣。“来”、“兮”都是语助词，强调了作者摆脱仕途羁绊的决绝态度和田园生活的安适喜悦之情。辞序写明作于“乙巳岁十一月”，即晋安帝义熙元年(405)，陶渊明四十一岁辞彭泽令归田之初所作。

序中对他做彭泽令到弃官回家的原因、前后经过交代得很清楚。作者自言他因奔程氏妹丧辞官，奔妹丧实有其事，不过是托词。《宋书·陶潜传》和梁萧统《陶渊明传》都说他不愿束带见督邮，“为五斗米折腰向乡里小儿”，即日去职。这符合陶渊明一贯的思想、性格，但不一定因此而去职。陶渊明从二十九岁初仕到这次归田，十三年间断断续续做了一些小官，他饱尝了仕途的艰辛和痛苦，看透了官场的腐朽和黑暗，为了“口腹”不得不出仕，但“矫厉”、“违己”又与本性相乖。归田，这是他经过长期的思想斗争而作出的抉择；这次归田后他再没有涉足官场，这篇作品也就成了他终生不仕的宣言。

作者叙述归途和初归的情景及对未来田园生活的遐想，融叙事、写景、抒情于一体。他笔下的景和物，菊花、孤松、无心出岫的云、倦飞知还的鸟，无不赋予了与自己个性相一致的性格和情操。全篇文字优美、音节和谐、感情真挚。它以高度的艺术成就，曲折反映了作者对现实的不满，也反映了乐天安命的思想，对后人产生过积极的或消极的影响。

余家贫，耕植不足以自给。幼稚盈室①，缾无储

① 幼稚：幼儿。盈室：满屋。

粟[1]，生生所资[2]，未见其术[3]。亲故多劝余为长吏[4]，脱然有怀[5]，求之靡途[6]。会有四方之事[7]，诸侯以惠爱为德[8]；家叔以余贫苦[9]，遂见用于小邑[10]。于时风波未静[11]，心惮远役[12]；彭泽去家百里，公田之利[13]，足以为酒，故便求之[14]。及少日，眷然有归欤之情[15]。何则？质性自然，非矫厉所得[16]；饥冻虽切，违己交病[17]。尝从人事[18]，皆口腹自役。于是怅然慷慨，深愧平生之志。犹望一稔[19]，当敛裳宵逝。寻程氏妹丧于武昌[20]，情在骏奔[21]，自免去职。仲秋至冬[22]，在官八十余日。因事顺心，命篇曰"归去来

① 缾(píng 平)：瓦甏，此指米缸。 ② 生生所资：生活所需用的。前一"生"字是动词，后一"生"字是名词。 ③ 术：途径，方法。 ④ 长吏：地方上县一级的小官，此泛指官吏。 ⑤ 脱然：舒畅貌。 ⑥ 靡：无。 ⑦ 会：恰逢。四方之事：经营四方之事，指当时州郡间地方势力的争斗。 ⑧ 诸侯：这里指州郡长官。他们拥有地方军政大权，各霸一方，有如古代诸侯，故称。 ⑨ 家叔：指陶夔(kuí 逵)，时任太常卿，掌国家祭祀礼乐。 ⑩ 见：被。邑：县。 ⑪ 风波：指上述"诸侯"间的战争。 ⑫ 惮：害怕。 ⑬ 公田：供俸禄的田。 ⑭ 故便：所以就。 ⑮ 眷然：眷念貌。归欤之情：回家的念头。欤为语助词。 ⑯ 矫厉：勉强，做作。 ⑰ 交病：遭受痛苦。 ⑱ 人事：此指做官。 ⑲ 一稔(rěn 忍)：指公田收获一次。稔，庄稼成熟。 ⑳ 武昌：今湖北鄂州。 ㉑ 骏奔：骑快马飞奔。 ㉒ 仲秋：农历八月。

兮[1]”。乙巳岁十一月也。

归去来兮，田园将芜胡不归！既自以心为形役[2]，奚惆怅而独悲[3]。悟以往之不谏[4]，知来者之可追[5]；实迷途其未远[6]，觉今是而昨非。舟遥遥以轻飏[7]，风飘飘而吹衣。问征夫以前路[8]，恨晨光之熹微[9]。

乃瞻衡宇[10]，载欣载奔。僮仆欢迎，稚子候门。三径就荒[11]，松菊犹存。携幼入室，有酒盈罇[12]。引壶觞以自酌，眄庭柯以怡颜[13]。倚南窗以寄傲，审容膝之易安[14]。园日涉以成趣，门虽设而常关。策扶老以流憩[15]，时矫首而遐观。云无心以出岫[16]，鸟倦飞而知还。景翳翳以将

---

① 命篇：名篇，题篇名。 ② 形：指身体。 ③ 奚：为什么。 ④ 谏：止，谏止。 ⑤ 追：挽回，补救。 ⑥ 迷途：指出仕。 ⑦ 遥遥：同“摇摇”，船摇动貌。轻飏（yáng 扬）：飞扬，形容船行轻疾。 ⑧ 征夫：行人。 ⑨ 熹（xī 西）：光明。 ⑩ 乃：语助词。衡宇：用横木做门的房子，极言简陋。衡，同“横”。 ⑪ 三径：指庭院中的小路。《文选》李善注引《三辅决录》：汉代兖州刺史蒋诩，不满王莽专权，告病归隐，在院中开三径，只与隐士求仲、羊仲交往，因此三径借指隐士居住的地方，此用其意。径：小路。就：近，接近。 ⑫ 罇（zūn 尊）：酒器。同“樽”。 ⑬ 眄（miǎn 缅）：闲看。 ⑭ 审：明白，深知。容膝：可以放双膝，形容住室狭窄。 ⑮ 策：拄。扶老：拐杖。流憩（qì 气）：走走歇歇。 ⑯ 无心：自然而然。岫（xiù 秀）：有岩洞的山，此泛指山。

入①，抚孤松而盘桓②。

归去来兮，请息交以绝游。世与我而相违，复驾言兮焉求③！悦亲戚之情话④，乐琴书以消忧。农人告余以春及，将有事于西畴⑤。或命巾车⑥，或棹孤舟⑦；既窈窕以寻壑⑧，亦崎岖而经丘。木欣欣以向荣，泉涓涓而始流⑨。善万物之得时，感吾生之行休⑩！

已矣乎，寓形宇内复几时！曷不委心任去留⑪，胡为乎遑遑欲何之⑫？富贵非吾愿，帝乡不可期⑬。怀良辰以孤往，或植杖而耘耔⑭。登东皋以舒啸⑮，临清流而赋诗。聊乘化以归尽⑯，乐夫天命复奚疑⑰。

【翻译】

我家贫穷，单靠种田不够养家糊口。小幼子又

---

① 景：指日光。翳翳：暗淡貌。 ② 盘桓：犹徘徊。 ③ 驾：驾车。言：语助词，无义。 ④ 情话：知心话。 ⑤ 事：指农事。畴：田。 ⑥ 巾车：有篷的车。 ⑦ 棹（zhào 照）：船桨，这里作划解。 ⑧ 窈窕：幽深貌。 ⑨ 涓涓：细流不绝貌。 ⑩ 行：将要。 ⑪ 曷：同“何”。委心：随心。 ⑫ 遑遑：心神不安貌。之：至，往。 ⑬ 帝乡：神仙住的地方。 ⑭ 耘耔（yún zǐ 云子）：从事农作。耘，除草。耔，在苗根培土。 ⑮ 皋（gāo 高）：水边高地。此指田边的高地。 ⑯ 聊：姑且。乘化：随着自然的推移变化。尽：谓死。 ⑰ 乐夫天命：即乐天知命，谓对命运乐观旷达。

多，米缸里没有余粮，实在没法维持生计。许多亲友劝我谋个官做，我的心被他们说得活动起来。但一时没有门路求得。时逢多事之秋，州郡长官肯施恩惠；家叔怜悯我贫困，经他引荐，我被录用在彭泽这个小县做县官。当时时局不安定，我怕出远差；彭泽县距离我家只有百里远近，俸田所收也足供酿酒，我于是应下了这项差事。没过几天，我就十分想念田园，起了辞官归耕的念头。为什么会这样？本性自然率真，不是造作勉强做得到的，受饥挨冻虽然至关紧要，但是违背本性硬着头皮做官，也非常痛苦。我一想到曾经不得已做官，都是让心志受口腹的役使，情绪就激动起来。深深感到辜负了一生追求自由的志向，我指望着等公田收获一茬庄稼，立即收拾行装连夜离去。不久，我的嫁到程家的妹子在武昌去世。心里急着奔丧，就势主动辞职。从秋八月到冬季，我做了八十多天的官。因妹丧之事使我得顺遂自己的心意。于是写下这篇辞。题名叫“归去来兮”。时乙巳年十一月。

归去吧，田园快要荒芜，为什么还要在仕途犹豫徘徊！明知道逼上这条路自己的心灵做了口腹的奴隶，何苦还怅然若失自寻伤悲。过去了的已然不可挽救，未来还可以努力追回。虽然误入歧途，幸喜不算太远，趁早告别错误的昨天快把田园回。归舟轻快地向前荡漾，清风阵阵撩动我的衣袂。向行人探问前面的归程，怨天不快亮晨光微弱暗昧。

终于望见我家草舍寒门，按捺不住欢欣我向前飞奔。小仆欢跳着赶来迎接，幼子早在门前伫望久等。庭院的小路快长满荒草，可青松依旧，菊花仍吐清芬。牵着幼儿的小手踱进内室，有备好的美酒为我接风洗尘。拿过酒壶酒盅我自斟自饮，悠闲地看着庭树叫人醉心开颜。倚凭南窗吟诗作赋寄托我傲世的情愫，深知住室狭窄简陋足以栖身安闲。每天在园中散步兴味无穷，家门常常紧闭以摆脱世俗的嚣喧。拄着手杖我随处游乐歇息，时时抬头远眺观赏自然。云本无心，从山峦间自然飘起，小鸟倦了，也自知向老巢飞还。夕阳把余晖渐渐收敛，将要躲进山的那边，触景生情，我抚摸着孤傲的青松流连忘返。

归去吧，让我断绝官场的一切交游。世俗既与我格格不入，还再作什么追求！访亲戚叙家常使人快乐，独自一人弹琴读书也可解闷消忧。农人告诉我春天已经来临，将要去耕种西边的田畴。有时我乘坐一辆篷车，有时我划着一叶扁舟；可以探寻曲折幽深的涧谷，也可以经过高低不平的山丘。那时节万木欣欣向荣，解冻的清泉涓涓长流。我羡慕万物逢春生机蓬勃，感慨自己的生命将到尽头！

算了吧，我寄身天地之间还有几个春秋！何不自由自在地随心愿行事，为什么遑遑终日若有所求？追逐荣华富贵不合我的心愿，仙山琼阁不过是海市蜃楼。我一心盼着好天气独来独往四处游逛，或者把手杖插在一边，到田地里培土耕耨。我将登上东边的高岗纵情呼啸，面对着清澈的溪水吟诗几首。乐天知命我不再有一丝疑虑，随顺自然一直走向生命的尽头！

五柳先生传

萧统《陶渊明传》说："渊明尝著《五柳先生传》以自况……时人谓之实录。"可见这是一篇自传性散文。文章记叙五柳先生安贫乐道、抱朴守真、不汲汲追求荣华富贵的率真性格，反映了他在晋宋换代之后不仕新朝的思想情操。本文为陶渊明晚年的作品。

先生不知何许人也①，亦不详其姓字②，宅边有五柳树，因以为号焉③。闲静少言，不慕荣利。好读书④，不

① 何许：何处。 ② 不详：不清楚，不知道。字：表字，同本名涵义相关的别名。 ③ 号：别号，字以外另起的称号。 ④ 好(hào 浩)：喜好。

求甚解①;每有会意,便欣然忘食。性嗜酒②,家贫不能常得,亲旧知其如此,或置酒而招之③。造饮辄尽④,期在必醉⑤。既醉而退,曾不吝情去留⑥。环堵萧然⑦,不蔽风日;短褐穿结⑧,箪瓢屡空⑨,晏如也⑩。常著文章自娱,颇示己志。忘怀得失,以此自终。

赞曰⑪:黔娄之妻有言:“不戚戚于贫贱,不汲汲于富贵⑫。”其言兹若人之俦乎⑬?衔觞赋诗⑭,以乐其志。无

---

① 不求甚解:指读书只领会精神,不在字句上穿凿附会。 ② 嗜(shì士):特别喜爱。 ③ 置:设,备好。之:他,指五柳先生。 ④ 造:到,去。辄:总是。 ⑤ 期:希望。 ⑥ 曾:乃。吝情:顾惜之情。去留:复词偏义,指去,离开。 ⑦ 环堵:房屋四壁。堵,墙。萧然:冷落空洞貌。 ⑧ 穿:破洞。结:打结,缝补。 ⑨“箪(dān耽)瓢”句:谓饮食匮乏。语本《论语·雍也》。箪:盛饭的竹篮。瓢:水瓢。 ⑩ 晏如:安乐貌。 ⑪ 赞:赞语。这篇文章仿史传体,史传结尾的赞语,是作者对被传者的总评及引申发挥。 ⑫“黔(qián前)娄”三句:《列女传》载,黔娄为春秋时鲁国隐士,清高不仕,死时穿着一身破烂不堪的衣服入殓。曾子前去吊丧,问黔娄的妻子给他什么谥号,他的妻子说谥“康”。曾子认为,不适宜谥“康”。娄妻回答:我那丈夫,甘愿粗茶淡饭,安于卑微的地位,不因贫穷而忧愁,也不为富贵四处奔走,他追求仁就得到仁,追求义就得到义,谥他为“康”,不恰到好处吗?戚戚:忧虑貌。汲汲:急切追求貌。 ⑬ 兹:这,指五柳先生。若人:那人,指黔娄。俦(chóu愁):类,辈。 ⑭ 衔觞:口衔酒杯,意即饮酒。

怀氏之民欤？葛天氏之民欤[①]？

【翻译】

先生不知道是什么地方的人，也不知道他姓甚名谁。他的屋旁有五棵柳树，于是就用“五柳”作为自己的别号。五柳先生性格沉静，寡言少语，既不羡慕荣华富贵，也不追逐功名利禄。他爱好读书，只注重理解书中的精神而不死抠字眼；每逢有些心得体会，便高兴得连饭也忘记吃。他生来爱喝酒，因家里贫穷，不能常有酒喝。亲戚和老朋友知道他穷而嗜酒，有时便预备了酒请他去喝。他去别人家喝酒，总是把别人家的备酒喝光，一醉方休。醉了就回家，没有留恋不舍的时候。他家的房屋破旧，四壁空空，挡不住寒风和烈日；穿的粗布短衣露着破洞，有的地方打着补丁，盛饭的篮子和水瓢经常空空如也。对这贫困的生活，他处之泰然。他常常把写文章当作娱乐，这些文章都能充分表达他的志趣。他把个人的得失置之度外，以超脱的态度来度过一生。

赞语说：黔娄的妻子曾经说过：“不因生活贫穷、地

---

① “无怀”二句：无怀氏、葛天氏都是我国传说中上古盛世的帝王。《路史·禅通纪》记载当时的人们朴质淳真。这里赞誉五柳先生像那个时代的人。

位卑微而忧愁，也不为追求荣华富贵四处奔走。”仔细体会他的话，五柳先生不正是黔娄那一类的人吗？酒喝得高兴了，就吟诗作文，用这来抒发自己的情怀，使心灵得到慰藉。他质朴淳真，不知忧愁，是生活在无怀氏时代的人呢？还是生活在葛天氏时代的人呢？

感士不遇赋并序

士，指读书人。这篇赋如题目所说，是感慨士不遇于时的。士学文习武，目的在有一番作为，但是，黑暗的政治，犹如宏罗密网，总是使有才华的正直之士遭到压抑摧残。生活在晋宋易代、政治剧烈动荡时代的陶渊明，从亲身经历中，对此深有感触。他几次辞官，归耕后也曾多次拒绝官府、友人出仕的邀请，充分表现了他和统治集团不合作的态度。在这篇赋中，诗人揭露和抨击了当时政治的腐败与残酷。感情之激愤、辞气之强烈，都与《读〈山海经〉》组诗近似，也是一篇“金刚怒目”式的作品，当同为晚年所作。

昔董仲舒作《士不遇赋》①,司马子长又为之②。余尝以三余之日③,讲习之暇,读其文,慨然惆怅。夫履信思顺④,生人之善行⑤;抱朴守静⑥,君子之笃素⑦。自真风告逝⑧,大伪斯兴⑨,闾阎懈廉退之节⑩,市朝驱易进之心⑪。怀正志道之士,或潜玉于当年⑫;洁己清操之人,或没世以徒勤⑬。故夷皓有

---

① 董仲舒:西汉哲学家,今文经学大师。其《士不遇赋》收在《古文苑》中。 ② 司马子长:司马迁,字子长,西汉史学家、文学家。作《悲士不遇赋》,其残文见《艺文类聚》。 ③ 三余之日:三国时董遇教学生利用"三余"时间读书,他说:"冬者,岁之余;夜者,日之余;阴雨者,时之余。"见《三国志·魏书·王肃传》裴松之注。后以"三余"泛指空闲时间。 ④ 信:信义。顺:指忠孝。 ⑤ 生人:生民,人民。 ⑥ 守静:专心而不外骛,自足于性。 ⑦ 君子:指德之士。笃(dǔ 堵)素:纯厚的素志。 ⑧ 真风:自然淳朴的风尚。 ⑨ 斯:乃。 ⑩ 闾阎(lǘ yán 吕言):里巷的门,这里指民间。懈:懈怠,放松。 ⑪ 市朝:集市和朝廷,复词偏义,此指官场。驱:谓驰驱竞奔。易进:指靠投机取巧往上爬。 ⑫ 或:有的。潜玉:把玉石藏起来,喻隐居。 ⑬ 没世:终生。

“安归”之叹[1]。三闾发“已矣”之哀[2]。悲夫[3]！寓形百年，而瞬息已尽；立行之难[4]，而一城莫赏[5]。此古人所以染翰慷慨[6]，屡伸而不能已者也[7]。夫导达意气[8]，其惟文乎[9]？抚卷踌躇[10]，遂感而赋之。

咨大块之受气[11]，何斯人之独灵[12]！禀神智以藏

---

① 夷皓：指伯夷、四皓。伯夷事，参见《拟古》选诗六“饥食”句注。四皓事，参见《赠羊长史》“绮与角”注。安归之叹：伯夷、叔齐隐居首阳山，曾作歌曰：“神农虞夏忽焉没兮，我安适归矣！”四皓隐居商山，也曾作歌曰：“唐虞世远，吾将安归。”都感叹生不逢时，无处依归。 ② 三闾：指屈原。屈原曾做三闾大夫（楚国官名，掌昭、屈、景三姓贵族）。已矣之哀：屈原《离骚》结尾说：“已矣哉！国无人莫我知兮，又何怀乎故都。”意思是得不到楚王的知遇，纵然忧国忧民，也无可如何。 ③ 夫（fū 扶）：语助词，表感叹。 ④ 立行：指建立功业。 ⑤ 一城：犹言寸土。赏：指赐爵封地。 ⑥ 染翰：以笔蘸墨，这里指写赋。 ⑦ 伸：申述，表白。已：止。 ⑧ 夫：发语词。导达：表达，抒发。意气：思想感情。 ⑨ 其：语助词，表测度。惟：只。 ⑩ 抚卷：抚按着书。卷，照应序的开头，指董仲舒、司马迁等的赋。踌躇：反复思考而有所感触。 ⑪ 咨：嗟叹。大块：大自然。气：精气，我国古代哲学概念，唯物主义者认为气是构成万物的本原。 ⑫ 斯：此。

照①，秉三五而垂名②。或击壤以自欢③，或大济于苍生④，靡潜跃之非分⑤，常傲然以称情。

世流浪而遂徂⑥，物群分以相形⑦。密网裁而鱼骇，宏罗制而鸟惊；彼达人之善觉⑧，乃逃禄而归耕⑨。山嶷嶷而怀影，川汪汪而藏声⑩；望轩唐而永叹⑪，甘贫贱以辞荣。淳源汩以长分⑫，美恶作以异途；原百行之攸贵⑬，莫为善之可娱。奉上天之成命⑭，师圣人之遗书；发忠孝于君亲，生信义于乡闾⑮，推诚心而获显⑯，不矫然而祈誉。嗟乎！雷同毁异⑰，物恶其上⑱，妙算者谓

---

① 禀：承受。藏照：怀揣光明，即聪明。 ② 秉：持，凭。三五：指三正五行。三正指天地人的正道，五行即仁义礼智信等五常，语出《尚书·甘誓》。 ③“或击”句：指隐居。击壤是古代一种投掷游戏。《乐府诗集》有《击壤歌》，相传唐虞时百姓之老者击壤而唱此歌，此取其意。 ④ 苍生：指黎民，百姓。 ⑤ 靡：无。潜：潜藏，隐居。跃：显达，出仕。 ⑥ 徂（cú 粗阳平）：往。 ⑦ 物：这里指人。 ⑧ 达人：通达有见识的人。 ⑨ 逃禄：逃避爵禄，指不出仕。 ⑩“山嶷（yí 疑）”二句：谓山高川广却不显露自己，表示肚量深沉，不见声色。既写景，又有比兴之意。嶷嶷：高峻貌。汪汪：水深广貌。 ⑪ 轩唐：轩辕黄帝和唐尧，泛指上古治世。永：长。 ⑫ 汩（gǔ 骨）：水流貌。 ⑬ 百行：种种行为。攸：所。 ⑭ 成命：既定的命令，指封建社会的伦理纲常。 ⑮ 乡闾：乡里。 ⑯ 推诚心：诚心相待。 ⑰ 雷同：雷发声则万物响应，喻人云亦云。 ⑱ 物：指人。恶（wù 误）：憎恨。

迷，直道者云妄。坦至公而无猜，卒蒙耻以受谤；虽怀琼而握兰①，徒芳洁而谁亮②。

哀哉！士之不遇，已不在炎帝帝魁之世③。独祗修以自勤④，岂三省之或废⑤；庶进德以及时⑥，时既至而不惠⑦。无爰生之晤言，念张季之终蔽⑧；愍冯叟于郎署，赖魏守以纳计⑨。虽仅然于必知⑩，亦苦心而旷岁⑪。

---

① 琼（qióng穷）：美玉，比喻贞洁。兰：兰草，比喻芳香。② 亮：明白，了解。 ③ 炎帝帝魁：炎帝即神农氏，帝魁为黄帝子孙，都是传说中的上古帝王。 ④ 祗（zhī支）：敬。 ⑤ 三省：反省三件事情（忠、信、勤学与否），这里指全面反省。语出《论语·学而》："吾日三省吾身。" ⑥ 庶：希望。 ⑦ 不惠：不顺利。 ⑧ "无爰"二句：爰生指爰盎；张季指张释之，张释之字季，都是西汉人。《汉书·张释之传》载，释之作骑郎（管理宫廷马匹的小官），十年不得提升，经爰盎向汉文帝当面请求，才做了谒者仆射（为皇帝掌管传达的长官）。晤言：当面讲。 ⑨ "愍冯"二句：冯叟指冯唐，魏守指云中守魏尚，也都是西汉人。《汉书·冯唐传》载，汉文帝时，冯唐直到头发白了还只做郎中署长的小官。一次文帝过郎署，跟他谈起任用将帅的事，冯唐指出当时用人赏轻罚重，有良将也不能用，如原云中守魏尚抗击匈奴有功，只因报战功时小有差错，就被降职治罪。文帝采纳了他的意见，恢复了魏尚的原职，并提升冯唐做车骑都尉。愍（mǐn敏）：忧，悲。 ⑩ 仅然：几乎，近于。 ⑪ 旷：荒废，耽误。

审夫市之无虎，眩三夫之献说①。悼贾傅之秀朗②，纡远辔于促界③；悲董相之渊致④，屡乘危而幸济⑤。感哲人之无偶⑥，泪淋浪以洒袂⑦。

承前王之清诲，曰天道之无亲；澄得一以作鉴，恒辅善而佑仁⑧。夷投老以长饥⑨，回早夭而又贫⑩，伤请车

①“审夫”二句：市上本来没有虎，但说有虎的人一多，人们就信以为真了。意谓人们常被谣言迷惑。《韩非子·内储说上》说：有一个人说市上有虎，人们不信；两个人说，也不信；第三个人再说，人们就相信了。审夫：确乎。眩：迷惑。②贾傅：指西汉贾谊。他曾做长沙王太傅(辅导太子的官)、梁怀王太傅，故称。秀朗：聪明有学问。③纡：曲。辔(pèi佩)：马缰绳，这里指马。促界：近境，在狭窄的范围内。④董相：指董仲舒。他曾做江都王相和胶西王相，故称。⑤“屡乘”句：江都王和胶西王很都骄纵，董仲舒为人正派，屡次上疏谏诤，得到二王重用，后来他怕久后获罪，托病辞去。见《汉书·董仲舒传》。⑥哲人：才智过人的人。偶：双。⑦淋浪：泪流不止貌。⑧“承前”四句：《孔子家语·观周》载，孔子入太祖后稷的庙堂，见铜铸的人像背上刻的铭文中有“天道无亲，而能下人”。又《老子七十二章》、《史记·伯夷列传》均有“天道无亲，常与善人”。澄：清。一：指天道。《老子三十九章》有“天得一以清”。⑨夷：指伯夷。投：至，到。⑩回：颜回，孔子的学生。

以备椁①，悲茹薇而殒身②。虽好学与行义，何死生之苦辛，疑报德之若兹③，惧斯言之虚陈④。何旷世之无才⑤，罕无路之不涩⑥；伊古人之慷慨⑦！病奇名之不立⑧。广结发以从政⑨，不愧赏于万邑⑩，屈雄志于戚竖⑪，竟尺土之莫及！留诚信于身后，动众人之悲泣⑫。商尽规以拯弊，言始顺而患入⑬，奚良辰之易倾⑭，胡害

---

① "伤请"句：颜回死后家里没有钱买棺材，他的父亲请求卖掉孔子的车子筹办。意思说虽然对老师不恭敬，却迫不得已。椁(guǒ 果)，外棺，泛指棺。 ② "悲茹(rú 如)"句：指伯夷茹薇事。参见《拟古》选诗五"饥食"句注。茹：食。 ③ 若兹：像这样。 ④ 斯：此，指"天道无亲"等语。陈：陈述，说。 ⑤ 旷：空绝。 ⑥ 涩：阻滞，不通畅。 ⑦ 伊：语助词，无义。 ⑧ 病：患，厌恶。 ⑨ 广：指西汉名将李广。他从年轻时起，长期抗击匈奴，作战七十余次，功劳卓著，匈奴人畏称"飞将军"。本篇李广事均见《史记·李将军列传》。 ⑩ "不愧"句：封万户侯也当之无愧。万邑：拥有万户的食邑。 ⑪ 戚竖：外戚小人。指卫青。卫青是汉武帝卫皇后的弟弟。他嫉妒、排斥李广。一次李广于征战途中迷路，卫青乘机责罚他，李广悲愤自杀。 ⑫ "动众"句：史载百姓听到李广死讯，无不为之垂涕。 ⑬ "商尽"二句：商指西汉王商。汉成帝时他为左将军。他的奏议很受皇帝称赞，后来做丞相，也得到皇帝的信任。而大将军王凤嫉恨他，令人上书诬害。王商被免官，发病吐血而死。见《汉书·王商传》。尽规：尽力谋划。 ⑭ 良辰：指得意时的好日子。

胜其乃急[1]!

苍昊遐缅[2],人事无已,有感有昧[3],畴测其理[4]? 宁固穷以济意[5],不委曲而累己[6];既轩冕之非荣[7],岂缊袍之为耻[8]? 诚谬会以取拙[9],且欣然而归止;拥孤襟以毕岁[10],谢良价于朝市[11]。

【翻译】

昔日董仲舒写了一篇《士不遇赋》,司马迁也写了一篇《悲士不遇赋》。我曾经利用冬季、夜晚、阴雨天三种空闲的时间,在与朋友讲习学问的间隙,读了他们的这些文章,百感交集,心情极为惆怅。我想到,履行信义心怀忠孝,是人们良好的品质;胸怀淳朴专一守性,是君子恪守的素志。自以淳朴真诚的世风消逝,虚伪欺诈的恶习随即盛行,廉洁谦

① 害胜:谗害胜过自己者。其:竟。乃:如此。 ② 昊(háo号):天。 ③ 感:感应。昧:无感应。 ④ 畴:谁。 ⑤ 济:成就。 ⑥ 累:拖累,害。 ⑦ 轩冕:指高官厚禄。轩是古代一种有围幔的车,冕是古代大夫以上的人戴的帽。 ⑧ 缊(yùn运)袍:用乱麻絮作心子的袍,贫贱者所穿。 ⑨ 谬会:谬合,指出仕。 ⑩ 拥:抱。襟:襟怀,素志。毕岁:终岁,度过一生。 ⑪ 谢:辞绝。良价:好价钱,指高官厚禄。朝市:复词偏义,指朝廷。

让的节操在民间日趋淡漠，投机钻营的邪心在官场日益纵恣。一些心怀正直、立志治世的人，不得不在年富力强的时候潜藏隐居；一些洁身自好、操行端正的人，也只好徒自劳苦虚度一生。所以伯夷、四皓有“无处可归”的悲叹，屈原发出“算了吧”的哀怨。可悲呀，人生百年，瞬息之间寿数已尽；建功立业何等艰难，到头来却得不到应有的报偿。这就是古人之所以愤慨不平，不断有人就士不遇于时这个意思提笔作赋，写个没完没了的缘故吧。能够抒发思想感情的大概只有文章吧？我抚着前人的这些文赋，反复思考深有感触，于是写下了这篇文章。

大自然的万物都受精气而生成，为什么惟独人是万物之灵！人有天赋的智慧和聪明，凭着三正五行而永世留名。有的人居处乡野闲散游戏自得其乐，有的人力求大有作为救助黎民；那时隐居和出仕无不合于本分，各自都傲然自足满意称心。

随着时代的脚步上古之世一去不返，人们遂分成群类对立纷争。尘世编织成绵密硕大的网罗，人们就像鱼和鸟那样受怕担惊；那些通达有见识的人很快醒悟，于是辞官弃禄而隐居躬耕。山高将自己的阴影纳入怀中藏敛，川广却不显露自己的声音；遥望上古的治世不禁长声叹息，宁可安于贫贱不图富贵尊荣。淳清的源头汩乱而分流，人类也渐兴起善恶而有不同的道路；推究种种可贵的行为，没有比行善使人更有乐趣。遵奉上天既定的命令，师法圣人留下的遗著，对君王尽忠，对父母尽孝，在乡里重情谊讲信义而言行相符。以诚心待人得到人们的推誉，绝不矫揉造作去祈求荣禄。可叹呀，世间人竟是附和同党而诋毁异己，别人胜过自己就心生嫉妒恶意中伤；把深谋远虑的人说成糊涂，把爱讲直话的人称作狂妄。襟怀坦白公正无私而真诚待人的人，反倒蒙受耻辱，遭到诽谤；虽然有着白玉兰草般的美德和才华，也徒然芳香高洁，没有人把他颂扬。

可悲呵，有德之士不被人赏识重用，是他们没有赶上炎帝、帝魁那样的时代。他们一心诚敬修养勤奋不息，每天全面检点自己岂敢稍有懈怠；希望德行增进赶上时机有所作为，到时候总不顺利而遇到重重障碍。如果没有爰盎向汉文帝进言，想张季必终身埋没而了无声息；可怜那冯唐熬到白头才由低微的郎官高升，幸亏一次偶然际遇文帝采纳了他求得良将的好计。张季、冯唐算有运气勉强称得上知遇，但是他们也愁苦多年空耗了许多时日。街市上确乎无虎，谣传的人一多，人们终于迷惑而不以为非。惜贾谊聪明博学而大材小用，就像撇开千里马却只准它在狭小的圈子里徘徊；叹董仲舒的学问渊博精深，也经历过多次危难而侥幸免祸消灾。想到那些举世无双的哲人个个遭遇不幸，我不禁眼泪涟涟，沾湿衣袂。承蒙前代帝王留下了明确的教诲，说天道无亲不徇私情，用同一个标准明察万事万物，总是辅助善行保祐仁人。可是伯夷到老而挨饿，颜回短命偏又家贫，颜回的父亲不得不请求卖掉孔子的车子买棺材，伯夷靠野菜度日终至送掉性命。他们一个勤奋好学，一个诚心行义，为什么生前死后都那么痛苦酸辛！天道给有德之士就是这样的酬报，恐怕"天道无亲"的说法不可信以为真。哪里是一代代没有怀才的能人，只因为条条道路无不阻塞难行；古人那样感慨悲愤，痛恶的正是不能树立建功立业的美名。李广从年轻时起从军守边，战功卓著，即使封他做万户侯也不足为奇，他空怀雄才大略却屈居于外戚小人之下，竟然没有得到一尺一寸的封地！他死后留下一片忠实诚信，只换得人们为他挥洒的悲泪几滴。王商呕心沥血拯救时弊，他的计划刚被采纳，祸患就接踵而至。为什么总是好景不长，为什么嫉贤害能者那样狠毒心急！

苍天是那么遥远，人间的事情变化不已，天人之间有感应或者没有感应，天道究竟有无偏私，谁能说清这个道理？我宁可固守贫穷而成全自己的心志，也不低声下气求得一官半职而害自己。既然不把高官厚禄看作荣耀，哪里会把穿旧衣破袍当成羞耻？果真误入仕途是出于下策，不如高高兴兴地辞官归里。怀抱自己平素的志向度过余年，绝不用高价把自己卖给朝市。

与子俨等疏

疏是一种训诫告谕类似书信的文体。这篇文章是陶渊明写给儿子们的一封遗书。从文中“吾年过五十”,“病患以来,渐就衰损,亲旧不遗,每以药石见救,自恐大分将有限也”等语可见,这篇文章为他晚年所作。作者在文中回顾了自己的生平和志趣,也表示为对儿子年纪尚小,家中生活艰难难以忘怀;谆谆告诫儿子们团结友爱,勉励他们向品德高尚的人学习。文章写得平易可亲,语气恳切,慈父之情,溢于言表。

告俨、俟、份、佚、佟①：天地赋命②，生必有死，自古圣贤，谁能独免？子夏有言③："死生有命，富贵在天④。"四友之人⑤，亲受音旨⑥。发斯谈者⑦，将非穷达不可妄求⑧，寿夭永无外请故耶⑨！

吾年过五十，少而穷苦，每以家弊⑩，东西游走⑪，性刚才拙⑫，与物多忤⑬。自量为己⑭，必贻俗患⑮，僶俛辞

---

①"告俨"句：陶渊明有五个儿子，依长幼顺序为俨（yǎn演）、俟（sì四）、份（bīn宾）、佚（yì义）、佟（tóng童），小名分别是舒、宣、雍、端、通。见《陶渊明集》中的《责子》诗。 ②赋：赋予。 ③子夏：姓卜名商，字子夏，春秋时卫国人，孔子的学生。 ④"死生"二句：语出《论语·颜渊》。 ⑤四友：《孔丛子》载，孔子的学生颜回、子路、子贡、子张为孔子四友。这里也包括了和颜回等同样地位的子夏等一批学生。 ⑥音旨：言谈音旨。 ⑦发：发表。斯：此。 ⑧将非：岂不是。 ⑨外请：命定之外求得。 ⑩家弊：家境贫困。 ⑪东西游走：四处奔走，指外出做官。 ⑫才拙（zhuō桌）：指缺少逢迎取巧的本领。拙：笨。 ⑬物：指社会人事。忤（wǔ午）：违背，抵触。 ⑭量：思量。 ⑮贻：遗留。俗：世俗。

世①，使汝等幼而饥寒②，余尝感孺仲贤妻所言③，败絮自拥④，何惭儿子？此既一事矣⑤。但恨邻靡二仲⑥，室无莱妇⑦，抱兹苦心⑧，良独内愧⑨。少学琴书，偶爱闲静，开卷有得，便欣然忘食。见树木交荫⑩，时鸟变声⑪，亦复欢然有喜。常言五六月中，北窗下卧，遇凉风暂

---

① 僶俛（mǐn miǎn 敏免）：勉力，努力。辞世：指辞官归隐。世，指俗务，做官。 ② 汝等：你们。 ③“余尝”句：孺仲指东汉人王霸，孺仲是他的字。王霸气节高尚，多次拒绝朝廷的招聘。他和同郡令狐子伯是朋友，后来子伯和他的儿子都做了官。一次令狐子伯叫他的儿子给王霸送一封信。王霸见友人的儿子衣冠整洁，举止文雅，而自己的儿子蓬发疏齿，不知礼节，对比之下，感到惭愧沮丧。他的妻子说：你早就立下了高洁的志向，不求名位利禄，子伯的富贵怎比得上你的清高？你怎么忘了自己的一贯志向而为儿女惭愧！王霸认为妻子的话很有道理，于是毫不动摇地和妻子一道隐居终生。见《后汉书·王霸传》、《列女传》。 ④ 败絮：破棉袄。拥：缠裹。 ⑤ 一事：一样的事。 ⑥ 恨：遗憾。靡：无。二仲：指汉朝的两个隐士羊仲、求仲。参见《归去来兮辞》“三径”注。 ⑦ 室：妻。莱妇：老莱子的妻子。春秋时楚国的老莱子，在蒙山之南隐居躬耕。楚王用重礼请他出来做官。他的妻子竭力劝止，说在这乱世出来做官，受人制约，招来祸患。老莱子便与妻子隐居江南。 ⑧ 抱兹：怀此。 ⑨ 良：确，实在。⑩ 交荫：树木枝叶交错成荫。 ⑪ 时鸟：候鸟。

至[1]，自谓是羲皇上人[2]，意浅识罕[3]，谓斯言可保[4]。日月遂往，机巧好疏[5]，缅求在昔[6]，眇然如何[7]！

病患以来，渐就衰损[8]，亲旧不遗[9]，每以药石见救[10]，自恐大分将有限也[11]。汝辈稚小家贫，每役柴水之劳[12]，何时可免？念之在心，若何可言[13]！然汝等虽不同生[14]，当思四海皆兄弟之义[15]。鲍叔、管仲，分财无猜[16]；

---

① 暂至：一阵阵到来。 ② 羲皇：伏羲氏，我国传说中的上古帝王。上：以上。 ③ 意浅：想法单纯。罕：少。 ④ 斯言：指"常言"四句。保：维持。 ⑤ 机巧：逢迎取巧。好疏：很生疏。 ⑥ 缅：远。 ⑦ 眇然：渺茫貌。 ⑧ 就：接近。衰损：衰老。 ⑨ 遗：遗弃。 ⑩ 药石：泛指药物。石：砭石，即石针。见救：救我。 ⑪ 大分：寿命。 ⑫ 役：担当，被迫从事。 ⑬ 若何：怎么。 ⑭ 同生：同一个母亲所生。 ⑮ 四海皆兄弟：语出《论语·颜渊》。 ⑯ "鲍叔"二句：鲍叔，也称鲍叔牙；管仲，名夷吾，字仲，都是春秋时齐国人。他们两人是朋友，曾经一道经商，分钱时管仲拿得多，鲍叔知道管仲家里贫穷，不认为管仲贪财。见《史记·管晏列传》。

归生、伍举，班荆道旧[1]；遂能以败为成[2]，因丧立功[3]。他人尚尔[4]，况同父之人哉！颍川韩元长[5]，汉末名士，身处卿佐，八十而终，兄弟同居，至于没齿[6]。济北氾稚春[7]，晋时操行人也，七世同财[8]，家人无怨色，《诗》曰：

---

① “归生”二句：归生、伍举都是战国时楚人，他们是好朋友。伍举因罪逃往郑国，后又去晋国做官；在去晋国的路上与出使晋国的归生相遇，十分亲热。两人在地上铺荆草，席地而坐，诉说过去的情谊。归生回到楚国后对令尹子木说，楚国人才为晋国所用，对楚国不利。楚国于是召回伍举。见《左传·襄公二十六年》。 ② 以败为成：起初，管仲辅佐公子纠，鲍叔辅佐公子小白，争夺君位。后来小白打败公子纠，即位为齐桓公。公子纠被杀，管仲被囚。鲍叔向齐桓公极力举荐管仲。管仲被起用为相，辅佐齐桓公成就了霸业。见《史记·管晏列传》。 ③ 因丧立功：伍举回到楚国后，协助公子围继承了王位，这就是楚灵王。见《左传·昭公元年》。丧：逃亡。 ④ 他人：指鲍叔和管仲、归生和伍举。尔：如此。 ⑤ 颍川：郡名，今河南禹县。韩元长：名融，字元长，东汉人。他年青时善于辨析事理，名气很大，受到太傅、太尉、司徒、司空、大将军等五府的同时征召，汉献帝时，官至太仆（掌舆马及畜牧政事），为九卿（秦汉时中央的九个行政机关的长官）之一。见《汉书·韩韶传》。 ⑥ 没齿：没世，终身。 ⑦ 济北：古地名。今山东长清。氾（fàn 范）稚春：名毓，字稚春，西晋人。《晋书·儒林传》载，他世代书香，九族和睦，客居青州（今山东益都），到氾毓时已经七代。当时的人们称赞他家：儿女没有固定的父亲，衣服没有固定的主人。 ⑧ 同财：没有分家，共同使用财产。

"高山仰止,景行行止[1]。"虽不能尔,至心尚之[2]。汝其慎哉[3],吾复何言!

【翻译】

告诫俨、俟、份、佚、佟诸子:大自然把生命赋予了人类,人生在世,必然有死的一天。从古到今,即便是圣贤,谁又能逃脱得了!子夏曾经说过:"死生听从命运,富贵由天安排。"孔子的学生们是亲自听到了孔子的教诲的。子夏发表这种议论,岂不是说明了贫穷和显达不可非分地追求,长寿和短命早就命中注定,也永远不能作分外之想吗?

现在我已经年过五十了,从年幼时起,我的生活就很困苦,常常因为家里贫穷,为谋生计不得不四处奔走。我生性刚直,不会阿谀奉承、投机取巧那一套,与社会上的人情世故格格不入。我考虑长期这样下去,势必会给自己招来祸患。于是我竭力摆脱了俗务,也使你们因此而从小受冻挨饿。我十分感慨王霸贤妻的话:自己崇尚

---

① "高山"二句:意思是说对古人崇高的道德则敬仰,对古人的高尚行为则效法和遵行。语出《诗经·小雅·车辖》。高山:比喻崇高的道德。止:句末语气词,无义。景行:大道。比喻光明磊落的品质。后一"行"是动词,走,行进。 ② 至心:至诚之心。尚:崇尚。 ③ 其:语气词,含有该、可的意思。

高洁，既是破衣烂衫，又怎能为儿子的不如别人而感到惭愧呢？这个道理是一样的。我只遗憾没有求仲、羊仲那样的邻居，没有像老莱子妻那样的伴侣。怀着这般心思，实在暗自愧疚不安。我小时候只知道学习弹琴和读书，喜欢闲静，翻开书本，有了一点心得体会，就高兴得忘记吃饭。看到树木枝叶浓密交错成荫，听见候鸟不同的鸣声，就喜上眉梢。我常说，五六月间，在北边的窗子下面躺着，凉风一阵阵拂过，觉得自己简直是远古时代的人。我当时头脑简单，见识也少，以为这样的生活可以永久保持下去。光阴荏苒，年复一年，我对于逢迎取巧那一套仍然十分生疏，我恢复往日那种生活的愿望，又是多么渺茫。

自染病以来，我渐渐地走向衰老，虽然亲戚朋友不嫌弃，经常拿一些药物来医治，但是我预感到自己的寿命不会很长了。你们出生在我这贫寒的家庭，小小的年纪就要挑水、打柴，为家计操劳，也不知道什么时候才能摆脱，这些牵挂着我的心，又如何能说个明白！你们弟兄几人虽然不是一母所生，但应牢记普天下的人都是兄弟的道理。鲍叔和管仲一起做生意，分钱财时不猜忌；归生和伍举是老朋友，分别多年，在路上偶然相遇仍十分亲热，铺些荆草就地而坐，畅叙旧谊。后来管仲得到鲍叔的帮助，变失败为成功；伍举畏罪出逃，归生帮助他回到楚国，建立了功勋。他们并非亲生兄弟尚且能够这样，何况你们是同一父亲的儿子呢！颍川地方有位叫韩元长的，是汉朝末年的名士，他做了九卿地位的大官，享年八十岁；他始终和兄弟们住在一起，直至去世。济北地方有位叫氾稚春的，是晋代品行高尚的人，他家的财产七代人共同使用，合家人没有不满意的。《诗经》上说："高山仰止，景行行止。"我们虽然不能达到古人那样崇高的道德境界，但应竭诚尽力地向他们学习。你们可千万要审慎对待啊，我再没有什么要说的了。

自 祭 文

这是陶渊明为自己写的祭文。文中说“岁惟丁卯，律中无射”，指宋文帝元嘉四年(427)九月，就是说它与《挽歌诗》同时，都是在作者去世前两个月写的。这是陶渊明留下的最后一篇文章。作者在文中回顾了自己坎坷的一生，清贫的家境，辛勤的耕耘，过着与琴书为伴、以山泉为友的闲适的田园生活。他一生耿介不阿、光明磊落，没有丝毫可愧悔，对艰难的时世没有半点牵挂和留恋。他为自己固穷守拙而骄傲，为能乐天知命、顺应自然而欣慰。在面临死亡的前夕，文章如一脉悠悠清泉，写来朴素自然。

岁惟丁卯[1]，律中无射[2]。天寒夜长，风气萧索，鸿雁于征[3]，草木黄落。陶子将辞逆旅之馆[4]，永归于本宅[5]。故人凄其相悲[6]，同祖行于今夕[7]。羞以嘉蔬[8]，荐以清酌[9]，候颜已冥[10]，聆音愈漠[11]。呜呼哀哉[12]！

茫茫大块[13]，悠悠高旻[14]，是生万物[15]，余得为人。自余为人，逢运之贫；箪瓢屡罄[16]，絺绤冬陈[17]。含欢谷汲[18]，行歌负薪，翳翳柴门[19]，事我宵晨[20]。春秋代谢，有

---

① 惟：是。 ② 中（zhòng 众）：应。无射（yì 意）：古代十二乐律之一，古人把标志音高的十二律和十二个月份相配，用十二律的名称代表月份。无射指农历九月。 ③ 于：语助词。征：行，这里指飞过。 ④ 陶子：作者自谓。逆旅之馆：迎宾的客舍，这里指人生，意谓人生如寄。逆，迎。 ⑤ 本宅：犹老家，指坟墓。 ⑥ 凄其：凄伤地，形容悲伤的程度。其：相当于"地"。 ⑦ 祖行：古时人死后出殡前夕祭奠亡灵，也叫祖奠。 ⑧ 羞：同"馐"，膳食。这里指供祭。 ⑨ 荐：陈献。 ⑩ 候：望，看。冥：昏暗。 ⑪ 聆（líng 铃）：听。漠：通"寞"，寂静无声。 ⑫ 呜呼哀哉：祭文常用语，表示哀痛。 ⑬ 大块：这里与"高旻"相应，指大地。 ⑭ 高旻（mín 民）：高天。 ⑮ 是：此，指天地，大自然。 ⑯ "箪瓢"句：参见《五柳先生传》注。罄：即空。 ⑰ 絺绤（chī xì 痴细）：夏天穿的布衣。絺是细葛布，绤是粗葛布。陈：设，这里指穿。 ⑱ 谷汲：从谷涧中取水，意谓艰辛。 ⑲ 翳翳（yì 意）：昏暗貌。柴门：荆柴做的门，指屋舍简陋。 ⑳ "事我"句：意谓料理日常生活。事：做。宵晨：早晚。

务中园①，载耘载耔②，乃育乃繁。欣以素牍③，和以七弦④，冬曝其日⑤，夏濯其泉。勤靡余劳，心有常闲。乐天委分⑥，以至百年⑦。

惟此百年⑧，夫人爱之⑨，惧彼无成，愒日惜时⑩。存为世珍，没亦见思⑪。嗟我独迈⑫，曾是异兹⑬。宠非已荣，涅岂吾缁⑭？捽兀穷庐⑮，酣饮赋诗。识运知命⑯，畴能罔眷⑰？余今斯化⑱，可以无恨。寿涉百龄⑲，身慕肥遁⑳，从老得终，奚所复恋㉑！

寒暑逾迈，亡既异存㉒，外姻晨来㉓，良友宵奔，葬之

---

① 务：指农活。中园：园中，此指田地和园圃。 ② 耘（yún 云）：除草。耔（zǐ 子）：在苗根培土。 ③ 素牍（dú 独）：指书籍。 ④ 七弦：七弦琴，泛指琴瑟。 ⑤ 曝（pù 铺）：晒。 ⑥ 委分（fèn 忿）：犹言安分。分，本分，天分。 ⑦ 百年：一生。 ⑧ 惟：思。 ⑨ 夫人：犹人人。 ⑩ 愒（kǎi 慨）：贪恋。 ⑪ 没：死。见：被。 ⑫ 嗟：慨叹声。迈：行。 ⑬ 曾：已经。兹：此。 ⑭ 涅岂吾缁（zī 资）：即涅岂缁吾。涅，黑色染料。缁，黑色。这里用作动词，变黑。 ⑮ 捽兀（zuó wù 昨物）：挺拔耸立貌。捽，拔；兀，高。此谓意气傲然。 ⑯ 知命：指五十岁。语出《论语·为政》："五十而知天命。" ⑰ 畴：谁。罔：无。眷：留恋。 ⑱ 化：化去，死去。 ⑲ 涉：走向。百龄：百岁，这里指年老。 ⑳ 肥遁：高隐。《周易·遁卦》说："上九，肥遁，无不利。"后来称隐居为肥遁。 ㉑ 奚：何。 ㉒ "亡既"句：意谓死亡是人生的一件大事。 ㉓ 外姻：女系的亲属，这里泛指亲戚。

中野①，以安其魂。窅窅我行②，萧萧墓门③，奢耻宋臣，俭笑王孙④。廓兮已灭，慨焉已遐，不封不树⑤，日月遂过。匪贵前誉⑥，孰重后歌⑦？人生实难，死如之何⑧。呜呼哀哉！

【翻译】

现在是丁卯年九月，天气寒冷秋夜漫长，到处显现出萧索景象，南飞的大雁从天空中匆匆掠过，草木已凋落枯黄。我将要辞别这临时寄居的人世，永远回老家在地下长眠。家属和亲友们万分悲恸，将一道在今晚把我的亡灵祭奠。他们用新鲜的果蔬作精美的供食，把清淡的水酒在灵前陈献。看人们的脸色已经模糊，听人们的话音愈加疏远。啊，悲痛啊！

---

① 之：指死者，谓作者本人。中野：野外。 ② 窅窅（yǎo 咬）：茫远貌。 ③ 萧萧：风声。 ④“奢耻”二句：是说自己的墓葬既不铺张，又不过分草率。宋臣：指春秋时宋国的桓魋（tuí 颓）。《孔子家语·曲礼子贡问》载，桓魋给自己造石椁，三年不成，工匠皆病，孔子叹其太奢侈了。王孙：指西汉的杨王孙。《汉书·杨王孙传》载，杨王孙临死时嘱咐子女用布袋把自己的尸体装着，一埋了事。 ⑤“不封”句：不垒高坟，坟旁不种树，是古时老百姓安葬的规格。陶渊明曾出仕，表明自视为老百姓。 ⑥ 匪：同“非”。前：指生前。 ⑦ 孰：谁。后：指死后。 ⑧ 如之何：怎样。

广阔无垠的大地，至高辽远的上天，你们造就了万物，我得以托生人间。自从我来到人间，恰逢家道贫寒；饭篮和水瓢常常空着，严寒的冬季只得穿夏日的薄衫。在山涧中取水我乐而无怨，背着砍来的柴草边走还边唱歌；在昏暗简陋的草屋安身，日夜操劳，日子倒也过得舒坦。从春到秋，田园里总有活干，我又锄草又培土，作物不断滋生繁衍。我以诗书为友，以琴瑟作伴，冬天晒晒太阳，夏天洗濯于清泉。我辛勤劳作没有其他杂念，心境自然平静安闲。我顺从天命、安守本分，终于得以安享天年。

想这人的一生，人们都爱它，害怕他无所成就，对每日每时都十分顾惜贪恋。他们活着要尊荣宠贵让人称羡，死了也想留名后世被人思念。惟独我一意孤行，从来不同他们一般。我不把受人尊宠当作自己的荣耀，世俗的黑染缸哪能把我的本色改变！住着草屋我意气傲然，痛痛快快地喝酒吟诵诗篇。如果五十岁就遽然谢世，对人世谁能没有依恋？如今我就这么离去，没有什么遗恨留在人间。我已到迟暮之年，一生追求隐居的心愿已经实现。由老年而自然死去，有什么可值得眷恋！

寒暑交替时光流逝，死既不同于生，亲戚赶早来奔丧，老友连夜前来吊唁，把我安葬在旷野之中，让我的魂魄得以安然。我已远远地离开住地，墓门前阴风惨惨；

我耻于桓魋的奢靡厚葬，笑那杨王孙殓葬过于节俭。空虚啊！万事俱灭；可叹啊，我已去远。我不堆土起高坟，不在墓地植树，听任我的坟墓随着岁月逝去。我不希罕生前显名，哪还计较死后的赞誉？人的一生实在艰难，死又能把我怎么样？啊，悲痛啊！

《古代文史名著选译丛书》编纂始末[①]

马樟根　安平秋

今年1月,《古代文史名著选译丛书》已经出到100种101册(其中《史记》为2册)。4月份,最后的33种也已交稿。这样,全书133种即将呈献在读者面前。[②] 一项服务当前、造福子孙的普及优秀古代文化、进行爱国教育的大工程将宣告完工了。回想

---

①《古代文史名著选译丛书》由全国高校古籍整理研究工作委员会主持,古委会直接联系的18个古籍整理研究所为主要承担机构,章培恒、安平秋、马樟根任主编。本文于1992年4月,在《中国典籍与文化》杂志发表时题目是《衣带渐宽终不悔——〈古代文史名著选译丛书〉编纂始末》。这次将此文作为2011年修订版附录时,去掉原正标题,以原副标题为正式题目。 ② 至1994年4月最后定稿时,全书为135部。2011年修订版出版时,全书为134部。

这一套丛书动员18所院校，投入100余人，从1985年筹划，1986年起步，到今天已度过了六七年的岁月，个中甘辛令人难以忘怀。

一、北大·苏州·北大

——酝酿与筹划

编纂这样一套丛书，起因于1981年7月。当时陈云同志派人到北京大学召开了小型座谈会。来人告诉与会人员陈云同志最近在考虑两个问题：一个是粮食，一个是古籍整理。对古籍整理，特别讲到陈云同志说："整理古籍，为了让更多的人看得懂，仅作标点、注释、校勘、训诂还不够，要有今译，争取做到能读报纸的人多数都能看懂。有了今译，年轻人看得懂，觉得有意思，才会有兴趣去阅读。今译要经过选择，要列出一个精选的古籍今译的目录，不要贪多。"这就是后来收入《陈云文选》的那段话。1981年9月，中共中央关于整理我国古籍的文件中一字不差地强调了这段话。1983年，教育部成立了全国高校古籍整理研究工作委员会(简称古委会)。古委会主任周林同志根据中央和陈云同志意见，提出了组织力量今译古籍。但在当时，经过"文革”后的古籍整理工作百废待兴，加之一些学者对今译重要性的认识远非今日之深，这一工作一拖便是两年。

1985年5月，全国高校古委会在苏州召开了一届二次会议。周林同志在会上作了“人才培养和古代文化遗产普及问题”的专题发言，他分析了“解放三十多年来，由于‘左’的路线干扰，特别是‘文化大革命’，几乎使我们的民族文化到了中断的边缘，出现了对古代文化知之不多，或知之甚少的状况”，要教育界的同志“做好普及古代文化知识的工作”，搞好古籍的今注今译就是其中的一项重要任务，“高校古委会要在这方面多下功夫”，“高校古籍研究所无疑应担负起这个任务”。他针对当时一些人轻视古籍的今注今译思想，呼吁“我们对于选本、今译等有利于教育普及的东西，应承认它的学术价值”，“《昭明文选》、《唐诗三百首》、《古文观止》等是地道的选本，流传几百年，发生那么大的影响，能说没有水平？”“专家们深入浅出的在对古文献研究基础上的译注，对普及古代优秀文化作出重大贡献，算不算高水平的成果呢？”“古文既要译得恰当、准确，又要通畅易懂，难度是很大的”，“为了社会主义精神文明建设，古籍整理这方面也要作出应有的贡献”。一石激浪，沉寂了几年的今译古籍的话题又重新活跃起来。会上作了一番认真讨论。

经过这样的酝酿，1985年7月，全国高校古委会科研项目评审组的专家们聚集在北京大学勺园，筹划编纂一套古籍今译的精选本。初步定名为《古籍今译丛书》，议定了收书范围、内容，开列了65种书的选目。并决定由科研项目专家评审组召集人、复旦大学古籍所所长章培恒教授和参加过陈云同志在北大召开座谈会、当时古委会主管科研工作的副秘书长安平秋同志共同负责，与秘书处同志一起具体筹划。经几个月的筹备，决定由古委会直接联系的18个高校古籍研究所承担这一工作，组成编委会，并开列出89种书的选目，对选译的进度、规划亦作了设计。此时，几家出版社闻讯而至，表示愿意出版这套丛书。最早与我们联系的巴蜀书社的段文桂社长以其强烈的事业心和对古籍今译的高度重视感动了我们，于是决定邀请巴蜀书社编辑参加第一次编委会议。

二、从柳浪闻莺到桂子山上

——第一批书稿的产生

第一次编委会于1986年5月在杭州柳莺宾馆

召开。宾馆因位于西湖十景之一的柳浪闻莺而得名。全国高校18个研究所的24名学者和有关人员聚集在这风景胜地，无心观柳，亦无从闻莺，紧张地工作了三天。会上确定了这套普及读物的读者对象是具有中等以上文化程度的广大群众，收书范围是中国历代文史名著，在名著之中选精。所选书目，在原拟89种基础上，调整为116种，以形成系统性。书中选篇之下分提示、原文、今译、注释四部分，以译文为主，书前有一前言，书中加入必要的插图。每一种书约10—15万字。书名确定为《古代文史名著选译丛书》。即由到会的24位学者组成丛书编委会①，由章培恒、马樟根、安平秋三人任主编。于是，编委会立即分成三个工作小组，在会上分头拟出丛书《凡例》、《编写、审稿要求》和《文稿书写格式》，经讨论修改而形成了正式文字以供遵循。在

① 编委会成员按姓氏笔划排列为：

马樟根　平慧善　安平秋　刘烈茂　许嘉璐　李国祥

金开诚　周勋初　宗福邦　段文桂　董治安　倪其心

黄永年　章培恒　曾枣庄(以上为常务编委)

王达津　吕绍纲　刘仁清　刘乾先　李运益　杨金鼎

曹亦冰　常绍温　裴汝诚(以上为编委)

自报的前提下，会上确定了由18个研究所承担前40部书的今译任务，要求当年年底完成。古委会主任、丛书顾问周林同志对编委会的认真精神、紧张工作和显著效率十分赞赏，他说：“有这样一个编委会，有这样一个阵容来做选译，使中国历史文化不成为专属于少数人的知识，使能看报纸的人都读懂自己民族的名著，从而树立爱国主义、建设有民族特色的精神文明，其意义之深远将会在今后愈益显露出来。”于是，有1000余万字的大工程便从这里开始了。

当年年底各研究所的今译书稿经作者完成后，由在该所的编委审改，到1987年5月和7月，先后在复旦大学、北京大学两次召开编委审稿会。这种审稿会，说是审稿，实际上是边审边改，字斟句酌，每部书稿必须经一位编委、一位常务编委审改把关，经过这样两道工序，汇总到主编手中，40部书稿通过了25部。其中部分书稿赶印了样稿征求意见。于是周林同志于7月6日在北大临湖轩邀请了在京十几位专家与正在审稿的编委一起研究样稿，探讨如何提高这套今译丛书的质量。

根据编委审稿发现的问题和在京专家们的意

见，从书亟需在已定体例的框架中条列细则；而出版单位巴蜀书社又希望所出版的第一批书为50种以便形成格局，需要布置各研究所承担新的今译任务。这样，1987年10月在华中师范大学再次召开了编委会，又请了詹锳、周振甫、刘乃和、郭预衡等先生到会指导。

这次编委会是在审看了40部书稿后，发现了一大批问题亟待解决，又是在需要布置下一步任务的状况下召开的，是一次承上启下的编委会。会议初期人们的心情和会上的气氛都带有一股子严峻与急切。会议从5日到8日开了三天半。但是在4日晚上开预备会的时候，主编章培恒先生尚未到会，亦无他是否已从上海出发的信息。5日上午就要开会了，主编不到怎么行呢？5日一早，我们还在沉睡之中，忽听有人敲门，进来的竟是章培恒！一向风神儒雅、衣装考究的章培恒先生，此时却是一身尘灰、满脸疲惫地站在我们面前。原来他从上海出发前，未能买到机票或船票，而上海到武汉又没有直达火车，只好先从上海坐火车到长沙，为了不误5日上午开会，他只好买了一张无座票，夜间从长沙出发一直站到武昌。一向走路辨不清方向的章培恒竟然在夜色未退之前一人从车站摸到了华中师大专家楼，也算是奇迹。

这次编委会，从体例的具体要求、书中选篇是否合适、每篇中的提示如何写、注释的繁简和语言的通俗性，到今译的信达雅如何把握，例如李白的“床前明月光，疑是地上霜，举头望明月，低头思故乡”这样通俗的诗是否要翻译，在在都有热烈的争论。感谢编委们的努力和学术判断力，最后终于形成了一个《细则》，一切争论都统一在这个《细则》之上。编委们在思想明确、分得新的任务之后，显出了少有的轻松与喜悦。会议结束正逢中秋节，华中师大的专家楼坐落在武昌桂子山上。入夜，桂子山上举行了赏月茶会，几张方桌，围坐着全体编委和特邀到会专家。天上明月如盘，清辉洒地，眼前桂树葱茏，桂花飘香，华中师大古籍研究所的青年们活跃席间，引得王达津先生即席赋诗，刘乃和先生清唱京戏。这气氛预示着《古代文史名著选译丛书》克服了当前的困难，第一批50种书稿有如母腹中的胎儿，快要降生了。

三、华清池畔的愁云与人民大会堂的欢欣

——第一批书出版的柳暗花明

1988年10月，编委们再一次聚会，审定第一批

50种中的最后十几部书稿、修改第二批50种中的大量书稿。这次审稿是在“东枕华山、西拒咸阳”的骊山脚下、华清池滨的一家招待所。这里古朴而不豪华，食宿低廉却又实惠，审稿之余，左近有风景可观，有古迹可寻，房内有43℃的温汤沐浴，编委们平日在校教学、科研工作劳累而生活清苦，如今有这样的环境与条件，感到少有的惬意。我们作为主编觉得这也是对编委们两年来辛勤编书的一点补偿。但这种适意之感很快就被两件事所驱散。一件事是书稿的质量。几十部书稿交来，一经审看，从注译到体例完全合格的只有寥寥可数的三四部，余下的，或需小改，或需大改，或根本不合格需退回重作。另一件事是出版发行成了问题。到会的巴蜀书社副社长黄葵同志向大家通报了即将印出的16本书征订情况，最多的为2000册，且只有一种，其他的只有800册、600册，甚至还有200余册。征订不佳，销路不畅，出书要赔钱，出版社为难，编委们又无计可施。此时哪还有心思去观赏“骊山云树郁苍苍，历尽周秦与汉唐”？也无心绪登上骊山，在烽火台前怀古。且正值“楼台八月凉”的节令，只有华清池畔秋雨飘零，秋风瑟瑟，落叶满地，不禁愁从中来。

愁则愁，还得面对现实。书稿质量不高，靠到会近20位编委十余天的逐字逐句修改，终于改定合格17部。至于出版发行问题，巴蜀书社的朋友费心经营，重新设计了封面，改进装帧，将第一批50种装成一个大礼品盒，成盒出售。从中又得到了国家新闻出版署、四川省出版局、国家教委有关司局和各省市教委的大力支持与帮助，发行面得以扩大，到了1990年下半年，首印的17000套书销售已尽，而问讯、索购者不绝，出版社决定再印30000套以供读者需要。中央领导了解到这套丛书受到读者欢迎，欣然为丛书题辞，江泽民总书记的题辞是“做好我国古代文史名著的传播普及工作，使其古为今用，以发扬爱国主义精神”，李鹏总理的题辞是“弘扬民族优秀文化，激励爱国主义精神”。李瑞环同志也为丛书题了辞。

1990年8月22日在北京人民大会堂召开了《古代文史名著选译丛书》出版座谈会。国家领导人李铁映、胡乔木、李德生、陈丕显、廖汉生、王汉斌、王光英出席，古委会主任周林同志主持会议，到会各阶层代表在发言中从不同角度肯定了这套书对促进青少年了解历史、了解国情、了解中华民族优秀传统文化、进行爱国主义教育的作用。时值盛夏，却逢喜雨，洗却了编委和出版社同志心中的忧虑，参加大会堂座谈会的13名常务编委会后又聚集在北京大学讨论深入认识编纂这套丛书的重大意义，研究审改好第二批书稿的具体措施。

四、从舜耕山庄耕作到乐山脚下

——第二批书稿审定之艰辛

第二批书稿50种50册，是1987年10月布置的。1988年10月在西安审改合格的17部书稿都已放入第一批中以替换原已通过的第一批中质量较差的书稿。这样，第二批书稿当时余下的已完成的有20余部，却都不合格，只能要求译注者和编委再行修改。一年之后，编委会汇总来重新改好和新译注交来的第二批书稿44部，1989年10月于济南千佛山下的舜耕山庄召开了常务编委审稿会。

这次审稿，发现的问题较多。有的选目不当，如有的史书重要人物的传不选却选入无关紧要而又无学习价值的人物传，有的名家的文章名篇不选却选入既无文学价值又无借鉴意义的篇章。有的选译所依据的底本不当，舍弃现有的精校本却用校勘不善的本子。有的虽有根据地改动正文却只在注释中说"原作……据别本改",而不指明据何本改。有的注释过繁,不利于一般读者阅读;有的注释极简,该注释的地方不注,使广大读者看了译文仍无法理解全文的精妙;而更多的是注释不准确,对一字一词增字为训而歪曲了原意的毛病也较普遍。译文问题更多,有的语义不清,佶屈聱牙,把"三顾频烦天下计,两朝开济老臣心"译为"三顾茅庐频烦为天下大计,两朝事业开济尽老臣忠心",有的为追求通俗生动把"君何往"中的"君"译为"老兄"。每篇的提示,有的写得很长变成了文章赏析,有的虽短却不中肯綮,用了类似"文革"期间的语言扣几顶大帽子了事。看这样的稿子都觉头痛,改这样的稿子更感艰难。审稿历时12天,参加审稿、当时63岁的黄永年先生向我们诉苦:"头发掉了一把!"有的编委说,千佛山古称历山,传说舜在这里开垦耕耘,十分艰辛,我们住在舜耕山庄,预示着我们为这套丛书垦荒笔耕,也要历尽千辛。这次审稿,经过审改之后,有10部书稿合格,有11部需会后再作小的修改方能通过,余下的均需作大的改动或另请人译注。

这次审稿还研究了所选戏曲部分的曲辞如何今译问题，如规定了念白中出现的诗句只注不译，上、下场诗只注不译，注而不译的文字在译文中应予保留以便参读。

到1990年12月，丛书常务编委在广州研究丛书如何体现批判继承精神、如何提高第二批书稿质量时，又有18部书稿完成交来。为了保证书稿质量，使1991年上半年召开的常务编委审稿会得以顺利进行，我们三个主编从广州匆匆赶到北京，用了一周时间审看了这18部书稿，通过了7部，1l部退改。当我们看完最后一部书稿碰头研究时，已是12月31日。在1990年一年内，我们仅仅通过了这7部书稿。加上1989年在舜耕山庄通过的10部，也仅有17部，尚差33部方足第二批的50部。

1991年5月，常务编委来到古称嘉州的乐山市，在乐山山腰的八仙洞宾馆继续审改第二批书稿。改稿时间只有十天，要力争将50部推出，其繁重可知。我们在改稿过程中，不禁想到明万历年间嘉州知州袁子让的诗句“登临始觉浮生苦”，想到这套丛书从起步到这次审改已历时5年，当初怎么也没有想到完成这套丛书会是如此的艰辛，真是登临始觉笔耕苦啊!

这次乐山审稿,通过了13部书稿。好在余下的20部书稿只须小改即可在会后交稿,终于在1991年8月将这20部书稿全部改定交巴蜀书社。第二批50部历时近四年终于定稿了。

五、在金陵古都作光辉的一结

——第三批书稿的完成

1990年12月据出版社的要求,这套丛书出齐当为150种,到乐山会上又修正为110种至125种,最后数字的确定根据最后一次审稿结果而定,合格的即入选,不合格的不再修改选入。根据这一共识,今年4月中旬,我们一部分常务编委聚集到六朝古都南京,从已经交来的35部书稿中选择经小改合格的书稿。经过十一天的劳作,选择、改定33部,由到会的常务编委、巴蜀书社的段文桂总编和编委、巴蜀书社的刘仁清副编审带回成都,将经由他们的继续辛苦而使《古代文史名著选译丛书》以133部、1500万字之数呈献给热爱中华文化的读者。

这套丛书从1986年5月起步,历时整整六年,平日繁细工作不计,仅编委大小审稿会就开了12次之多。丛书的发起人、顾问、古委会主任周林同志先后参加了8次审稿会，每次都自始至终和大家在一起，听取审稿情况，了解遇到的问题；当我们遇到困难的时候他为我们鼓劲，当我们感到欣喜的时候他提醒我们不可大意。这次他又和我们一起来到虎踞龙蟠的石头城下，为我们督阵，看我们能否为这套丛书作出光辉的一结。

此时此刻，我们与这次会议的东道主、丛书常务编委、南京大学的周勋初先生漫步在中山陵旁，想到今译丛书已基本完成，自然感到如释重负，但理智却使我们不敢轻松，我们期待着全书133部出齐之后专家、读者的评头品足。

1992年4月26日

（原载《中国典籍与文化》1992年第1期）

古代文史名著选译丛书(修订版)总目

丛书主编:章培恒　安平秋　马樟根

书　名	译注者	审阅者	定价/元
老子注译	张玉春　金国泰	安平秋	16.00
庄子选译	马美信	章培恒	18.00
荀子选译	雪　克　王云路	董治安　许嘉璐	19.00
申鉴中论选译	张　涛　傅根清	董治安	18.00
颜氏家训选译	黄永年	许嘉璐	15.00
论语注译	孙钦善	宗福邦	28.00
孟子选译	刘聿鑫　刘晓东	黄　葵	20.00
墨子选译	刘继华	董治安	14.00
韩非子选译	刘乾先　张在义	黄　葵	19.00
新序说苑选译	曹亦冰	倪其心	25.00
论衡选译	黄中业　陈恩林	许嘉璐	22.00
管子选译	缪文远　缪　伟	董治安	18.00
列子选译	王丽萍	周勋初　倪其心	19.00
韩诗外传选译	杜泽逊　庄大钧	董治安	24.00
盐铁论选译	孙香兰　刘光胜	黄永年	13.00
诗经选译	程俊英　蒋见元	刘仁清	19.00
楚辞选译	徐建华　金舒年	金开诚	15.00
贾谊文选译	徐　超　王洲明	安平秋	17.00
司马相如文选译	费振刚　仇仲谦	安平秋	11.00
文心雕龙选译	周振甫	黄永年	17.00
庾信诗文选译	许逸民	安平秋	18.00

书　名	译注者	审阅者	定价/元
嵇康诗文选译	武秀成	倪其心	18.00
谢灵运鲍照诗选译	刘心明	周勋初	18.00
陈子昂诗文选译	王　岚	周勋初　倪其心	14.00
李白诗选译	詹　锳　等	章培恒	22.00
高适岑参诗选译	谢楚发	黄永年	23.00
元稹白居易诗选译	吴大逵　马秀娟	宗福邦	21.00
柳宗元诗文选译	王松龄　杨立扬	周勋初	18.00
李贺诗选译	冯浩菲　徐传武	刘仁清	20.00
杜牧诗文选译	吴　鸥	黄永年	14.00
李商隐诗选译	陈永正	倪其心	19.00
唐五代词选译	亦　冬	董治安	16.00
唐文粹选译	张宏生	周勋初	18.00
晚唐小品文选译	顾歆艺	平慧善	15.00
黄庭坚诗文选译	朱安群　等	倪其心	18.00
辛弃疾词选译	杨　忠	刘烈茂	24.00
元好问诗选译	郑力民	宗福邦	20.00
宋四家词选译	王晓波	倪其心	16.00
黄宗羲诗文选译	平慧善　卢敦基	马樟根	15.00
吴伟业诗选译	黄永年　马雪芹	安平秋	20.00
方苞姚鼐文选译	杨荣祥	安平秋	20.00
明代散文选译	田南池	马樟根	22.00
顾炎武诗文选译	李永祜　郭成韬	刘烈茂	23.00
张衡诗文选译	张在义　张玉春　韩格平	刘仁清	16.00
汉诗选译	张永鑫　刘桂秋	金开诚	19.00

书　名	译注者		审阅者		定价/元
阮籍诗文选译	倪其心		刘仁清		15.00
三曹诗选译	殷义祥		刘仁清		22.00
诸葛亮文选译	袁钟仁		董治安		16.00
陶渊明诗文选译	谢先俊	王勋敏	平慧善		16.00
杜甫诗选译	倪其心	吴　鸥	黄永年		17.00
王维诗选译	邓安生	等	倪其心		20.00
刘禹锡诗文选译	梁守中		倪其心		20.00
孟浩然诗选译	邓安生	孙佩君	马樟根		18.00
韩愈诗文选译	黄永年		李国祥		20.00
欧阳修诗文选译	林冠群	周济夫	曾枣庄		20.00
曾巩诗文选译	祝尚书		曾枣庄		19.00
苏轼诗文选译	曾枣庄	曾　弢	章培恒		23.00
李清照诗文词选译	平慧善		马樟根		15.00
陆游诗词选译	张永鑫	刘桂秋	黄　葵		24.00
朱熹诗文选译	黄　珅		曾枣庄		20.00
文天祥诗文选译	邓碧清		曾枣庄		20.00
袁枚诗文选译	李灵年	李泽平	倪其心		20.00
王安石诗文选译	马秀娟		刘烈茂	宗福邦	18.00
二程文选译	郭　齐		曾枣庄		25.00
范成大杨万里诗词选译	朱德才	杨　燕	董治安		26.00
萨都剌诗词选译	龙德寿		曾枣庄		28.00
王阳明诗文选译	吴　格		章培恒		18.00
徐渭诗文选译	傅　杰		许嘉璐	刘仁清	17.00
李贽文选译	陈蔚松	顾志华	李国祥	曾枣庄	17.00

书　名	译注者		审阅者	定价/元
三袁诗文选译	任巧珍		董治安	17.00
王士禛诗选译	王小舒	陈广澧	黄永年	13.00
龚自珍诗文选译	朱邦蔚	关道雄	周勋初	13.00
尚书选译	李国祥 谢贵安	刘韶军 庞子朝	宗福邦	14.00
礼记选译	朱正义	林开甲	宗福邦	22.00
左传选译	陈世铙		董治安	22.00
国语选译	高振铎	刘乾先	黄　葵	22.00
战国策选译	任　重	霍旭东	李国祥	21.00
吕氏春秋选译	刘文忠		董治安	17.00
吴越春秋选译	郁　默		倪其心	19.00
史记选译	李国祥 张三夕	李长弓	安平秋	29.00
汉书选译	张世俊	任巧珍	李国祥	22.00
后汉书选译	李国祥 彭益林	杨　昶	许嘉璐	24.00
三国志选译	刘　琳		黄　葵	18.00
晋书选译	杜宝元		许嘉璐	15.00
宋书选译	漆泽邦	孔　毅	李国祥	19.00
南齐书选译	徐克谦		周勋初	18.00
北齐书选译	黄永年		安平秋	16.00
梁书选译	于　白		周勋初	17.00
陈书选译	赵　益		周勋初	17.00
南史选译	漆泽邦		安平秋	22.00
北史选译	刁忠民		段文桂	20.00

书　名	译注者	审阅者	定价/元
周书选译	黄永年	安平秋	15.00
魏书选译	杨世文　郑　晔	周勋初	22.00
隋书选译	武秀成　赵　益	周勋初	20.00
新唐书选译	雷巧玲　李成甲	黄永年	16.00
旧唐书选译	黄永年	章培恒	16.00
新五代史选译	李国祥　王玉德　姚伟钧	周勋初	18.00
旧五代史选译	贾二强	黄永年	17.00
宋史选译	淮　沛　汤　墨	曾枣庄	20.00
辽史选译	郭　齐　吴洪泽	曾枣庄	21.00
金史选译	杨世文　祝尚书　李文泽　王晓波	曾枣庄	21.00
元史选译	樊善国　徐　梓	马樟根	25.00
明史选译	杨　昶	李国祥	20.00
清史稿选译	黄　毅	章培恒	22.00
贞观政要选译	裴汝诚　王义耀	黄永年	18.00
史通选译	侯昌吉　钱安琪	周勋初	16.00
资治通鉴选译	李　庆	黄永年	16.00
续资治通鉴选译	徐光烈	安平秋	24.00
通鉴纪事本末选译	谈蓓芳	章培恒	21.00
洛阳伽蓝记选译	韩结根	章培恒	22.00
梦溪笔谈选译	李文泽	曾枣庄	20.00
徐霞客游记选译	周晓薇　等	黄永年　马樟根	17.00
宋代笔记小说选译	朱瑞熙　程君健	金开诚等	19.00
关汉卿杂剧选译	黄仕忠	刘烈茂	24.00

书　名	译注者	审阅者	定价/元
明代文言短篇小说选译	黄　敏	章培恒	23.00
六朝志怪小说选译	肖海波　罗少卿	刘仁清	21.00
世说新语选译	柳士镇　钱南秀	周勋初	23.00
水经注选译	赵望秦　段塔丽　张艳云	许嘉璐	19.00
唐人传奇选译	周　晨	曾枣庄	24.00
唐五代笔记小说选译	严　杰	周勋初	21.00
大慈恩寺三藏法师传选译	贾二强	黄永年	18.00
宋代传奇选译	姚　松	周勋初	22.00
聊斋志异选译	刘烈茂　欧阳世昌	章培恒	22.00
阅微草堂笔记选译	黄国声	安平秋	16.00
清代文言小说选译	王火青	周勋初	23.00
历代名画记图画见闻志选译	周晓薇　赵望秦	黄永年	17.00
容斋随笔选译	罗积勇	宗福邦	20.00
唐才子传选译	张　萍　陆三强	黄永年	24.00
西厢记选译	王立言	董治安	20.00
元代散曲选译	彭久安	刘烈茂　金开诚	21.00
日知录选译	张艳云　段塔丽	黄永年	22.00
桃花扇选译	张文澍	章培恒　段文桂	15.00
牡丹亭选译	卓连营	章培恒	14.00
长生殿选译	戚海燕	董治安	20.00